REBIRTH ACE 리버스 에이스

REBIRTH
ACE 리버스 에이스 4

한승현 장편 소설

초판 1쇄 찍은 날 | 2016년 11월 11일
초판 1쇄 펴낸 날 | 2016년 11월 18일

지은이 | 한승현
펴낸이 | 예경원

기획 | 위시북스
편집책임 | 박우진
편집 | 이즈플러스

펴낸곳 | 예원북스
등록번호 | 제396-2012-000132호
등록일자 | 2012. 7. 25
KFN | 제1-040호

주소 | 경기도 고양시 일산동구 호수로 646-24 위너스21 Ⅱ 빌딩 206A호 (우)10401
전화 | 031-819-9431 팩스 | 031-817-9432
E-mail | yewonbooks@naver.com

©한승현, 2016

ISBN 979-11-5845-366-4 04810
       979-11-5845-486-9 (set)

REBIRTH ACE
리버스 에이스

WISHBOOKS MODERN FANTASY STORY

한승현 장편소설

4

세계 청소년 야구 선수권 대회

Wish Books

CONTENTS

19장
변화가 필요해

1

　작년 한 해 누구보다 열심히 재활에 매진해 온 서재훈은 최근 은퇴를 결심했다.

　노익장을 과시하며 선발의 한 축을 담당하는 데까진 성공했지만 고질적인 팔꿈치 통증과 체력적인 문제를 감당하지 못한 것이다.

　광주 타이거즈 구단에서는 팀의 대표 선수로 활약해 온 서재훈에게 코치 연수를 제안했다.

　그러나 서재훈은 생각할 시간을 달라고 말했다.

　이번 시즌이 끝날 때까지는 가족들과 즐거운 추억을 만들고 싶다는 것이었다.

구단 측도 서재훈의 입장을 충분히 이해하고 배려해 주었다. 하지만 정작 서재훈은 쉴 복이 없었다. 은퇴한다는 소식이 알려지기도 전에 강혁의 부름을 받았기 때문이다.

"정훈아, 오랜만이다. 얼굴이 홀쭉해진 걸 보니까 미영이하고 즐거운 시간 좀 보냈나 보네?"

만나자마자 오해받을 말을 아무렇지도 않게 해대는 서재훈을 보며 한정훈은 마음 한편이 쓰렸다. 은퇴에 대해 고민하고 있다는 연락을 받긴 했지만 이렇게 나타난 걸 보니 아예 마음을 굳힌 모양이었다.

그러나 서재훈은 예나 지금이나 밝고 긍정적이었다. 그리고 짓궂었다.

"그런데 정훈이 너 많이 나약해졌더라. 결승전 보니까 구속이 얼마더라?"

"에이, 그래도 형보단 빠를걸요."

"이 녀석 봐라? 기껏 가르쳐 주러 온 사람한테 이런 식으로 나온다 이거지?"

"그러게 누가 먼저 놀리래요?"

"이 녀석이!"

오랜만에 만난 서재훈과 한정훈이 형제처럼 부둥켜안고 몸싸움을 시작했다.

그 모습을 지켜보던 강혁의 얼굴로 부러운 기색이 번질 정도였다. 하지만 그것도 잠시. 연습이 시작되자 서재훈은 김미영 못지않은 호랑이 코치로 변했다.

"그게 아니지. 아까하고는 릴리스 포인트가 다르잖아."

손재주 좋은 서재훈은 말년에 개발한 변형 체인지업을 한정훈에게 가르쳐 주었다.

서재훈이 극찬할 정도로 공을 던지는 재주를 보유한 한정훈은 금세 그립을 익혔다. 하지만 그립만 알고 있다고 해서 똑같은 공을 던질 수 있는 건 아니었다.

서재훈은 타자와의 수 싸움에서 이기기 위해 다소 딜레이가 있는 투구 폼을 사용했다. 그 과정에서 스윙을 하기 때문에 다양한 그립의 공을 자유자재로 던질 수 있었다.

하지만 한정훈은 세트 포지션에서 던지는 빠르고 다이내믹한 투구에 익숙해진 상태였다. 그렇다 보니 단순히 그립만으로 서재훈처럼 어마어마한 변화를 주기가 어려웠다.

"하아, 이거 쉽지 않은데요?"

"당연히 어렵지, 인마. 내가 그걸 익히는 데 2년이 걸렸는데."

"그렇게 오래요?"

"무브먼트를 최대한 활용해야 하니까 어쩔 수 없었지. 하지만 정훈이 너는 포심이 워낙 좋으니까 욕심을 버려. 형처럼 큰 무브먼트를 생각하고 욕심내면 평생 완성 못 시킨다."

서재훈이 조바심을 내는 한정훈을 달랬다. 그러면서도 내심 한정훈표 신형 체인지업의 결과물에 관심을 가졌다.

너클 커브를 가르쳐 주기가 무섭게 몇 개월 안 되어서 자신의 것으로 만든 게 한정훈이다. 그 재능이라면 신형 체인지업의 완성도 오래 걸릴 것 같지 않았다.

그리고 서재훈의 예상은 정확했다.

"와우."

보름.

한정훈이 변형 체인지업에 매달린 지 딱 보름 만에 원하는 무브먼트가 나오기 시작한 것이다.

물론 당장 실전에서 승부구로 쓰는 건 쉽지 않겠지만 몇 번 보여주는 것만으로도 수 싸움을 다양하게 가져갈 수 있었다. 타자 입장에서도 무작정 체인지업만 노리고 들어오지는 못할 터. 그것만으로도 큰 소득이었다.

"야, 인마. 혁이 형하고 너 선수권 대회 전까지 가르쳐 주기로 약속했는데 벌써 익혀 버리면 난 이제 뭐 하냐?"

"그럼 또 다른 구종 가르쳐 주면 되죠."

"이 녀석이? 내 밑천 다 털어먹으라고 혁이 형이 시키던?"

"싫음 말고요. 여튼 그동안 감사했습니다, 서 코치님."

"와아, 이 치사한 녀석."

한정훈의 넉살에 서재훈은 누구에게도 가르쳐 주지 않았

던 구종 몇 가지를 더 일러주었다.

애석하게도 한정훈이 당장 활용할 만한 공은 없었지만 그 것만으로도 충분한 도움이 되었다.

서재훈이 단순히 그립만 가르쳐 준 게 아니라 어떤 이유에 서 만든 공이고 어떤 효과가 있는지까지 자세히 설명해 줬기 때문이다.

"형, 정말 고마워요."

"고마우면 은혜 갚아, 인마."

"갚아야죠. 어떻게 할까요? 술이라도 한잔 사 드려요?"

"술 좋지. 하지만 그건 나중에 메이저리그 간 다음에 제대 로 사고, 이번에 공 한 번 던져라."

"공이요?"

"그래, 시구 한 번 해줘."

무보수 개인 투수 코치의 대가로 서재훈은 한정훈에게 시 구를 요청했다.

"그럼요. 그런 거면 한 번이 아니라 열 번이고 하죠."

한정훈은 흔쾌히 고개를 끄덕였다.

서재훈이 광주 타이거즈 구단 측의 요청을 받고 이야기한 것이라 넘겨짚은 것이다. 그러나 정작 서재훈이 부탁한 시구 는 언제든 시간 날 때 던질 수 있는 그런 게 아니었다.

은퇴 경기.

다름 아닌 프로 선수로서 마지막으로 마운드에 오르는 날,
한정훈에게 시구를 부탁한 것이었다.

"형……."

뒤늦게 그 사실을 알게 된 한정훈은 눈시울이 붉어졌다.

언제고 서재훈이 은퇴할 것이라는 건 알고 있었지만 막상
그날이 다가오자 자신의 일처럼 가슴이 먹먹해졌다.

하지만 정작 서재훈은 쾌활하게 웃었다.

"시구라고 설렁설렁 던지지 말고 최고 구속 찍어. 알았지?
내가 인마, 자랑 엄청 해놨다고~"

서재훈의 넉살에 한정훈도 이내 따라 웃고 말았다.

2

시구를 위해 광주 타이거즈 챔피언스 필드에 도착했을 때
만 해도 한정훈은 웃을 분위기가 아니었다. 그러나 서재훈은
그런 한정훈의 진지함을 봐줄 생각이 없었다.

"정훈아, 인사드려. 여긴 김인태 감독님."

"안녕하세요. 한정훈입니다."

"그리고 여긴 우리 팀 주장, 이범후 선수. 알지?"

"아, 네. 한정훈입니다."

김인태와 이범후를 만날 때까지만 해도 한정훈은 자신에

게 닥칠 일을 알지 못했다.

설마하니 서재훈이 광주 타이거즈의 모든 선수를 전부 인사시킬 것이라고는 생각지도 않았던 것이다.

그러나 서재훈은 한정훈을 끌고 다니며 만나는 모든 이에게 일일이 소개시켜 주었다. 한정훈이 굳이 그럴 필요까진 없을 것 같다고 주저했지만 서재훈은 알아둬서 나쁠 게 없다며 한정훈과의 친분을 과시했다.

그렇게 1루 측 더그아웃에서 겨우 겨우 빠져나왔나 싶더니 어느새 나타난 이정우가 한정훈을 낚아챘다.

"재훈 선배님! 저 정훈이 좀 빌려가도 되죠?"

"야! 안 돼! 너 도장 찍으려고 그러지!"

"에이, 선배님. 저 그렇게 몰상식한 놈 맞습니다."

"야! 정훈이는 타이거즈 들어와야 한다고오!"

"정훈이 FA 때 데려가세요. 그럼."

이정우는 서재훈처럼 서울 트윈스의 감독과 선수들을 소개시켜 주었다.

서울 트윈스에는 동명고등학교 출신 주전 선수가 두 명이나 있었다. 덕분에 한정훈은 경기 시작 직전까지 3루 측 더그아웃에 발이 묶일 수밖에 없었다.

-야구 팬 여러분 안녕하십니까. 강명제입니다. 오늘 제

옆에는 강선우 해설위원 앉아 계십니다.

－안녕하십니까. 강선우입니다.

－오늘은 사전에 예고해 드린 대로 광주 타이거즈 서재훈
선수의 은퇴 경기를 겸해 진행이 될 예정인데요.

－네, 개인적으로 무척이나 아쉽습니다. 서재훈 선수가 지
난 경기에서도 5이닝 동안 2실점 하면서 좋은 모습을 보여줬
는데요. 갑작스럽게 은퇴를 한다고 해서 많이 놀랐습니다.

－강선우 위원님은 개인적으로 서재훈 선수와 절친하신
걸로 알려졌는데요.

－네, 친하죠. 서재훈 선수하고 저하고 박찬오 선수하고
비슷한 시기에 메이저리그에서 활약했으니까요.

서재훈의 은퇴 경기에 맞춰 방송사에서는 친분이 두터운
강선우를 중계석에 앉혔다. 강선우의 재치 있는 입담을 통해
서재훈을 마지막으로 추억하기 위함이었다.

하지만 갑작스런 돌발 상황으로 인해 서재훈의 은퇴 경기
의 주인공이 바뀌고 말았다.

－오늘 시구자로 청소년 국가 대표 투수죠, 한정훈 선수가
등장합니다.

－한정훈 선수, 정말 대단한 선수죠. 현 청소년 국가 대표

에이스 투수입니다.

-아직 2학년인데 한일 고교야구 대항전 MVP로 선정이 됐죠?

-저도 그 경기를 봤는데 어마어마한 투수입니다. 지금도 대단하지만 정말 미래가 기대되는 투수입니다.

-그런데 한정훈 선수가 서재훈 선수와도 친분이 두터운 걸로 알려졌는데요.

-네, 서재훈 선수 은퇴 전에 술 한잔 하려고 전화했더니 한정훈 선수하고 놀아야 한다고 안 된다고 했습니다.

-하하, 두 분의 우애가 참으로 아름답네요.

-네. 뭐, 나이 먹으면 친구고 뭐고 없는 거죠.

-말씀드리는 순간 한정훈 선수 마운드에 오릅니다. 한일 고교야구 대항전에서는 162㎞/h를 던져서 모두를 깜짝 놀라게 만들었는데요.

-네, 그래도 오늘은 시구자로 올라왔으니까 살살 던지겠죠.

-그런데 한정훈 선수, 공을 던지지 않고 서재훈 선수 쪽을 바라보는데요.

-서재훈 선수, 실실거리는 거 보니까 뭔가 불안한데요?

서재훈을 누구보다 잘 아는 강선우의 목소리가 굳어졌다.

그 순간, 한정훈이 곧바로 투구 동작에 들어갔다.

후아앗!

한정훈의 손끝을 타고 나온 공이 눈 깜짝할 사이에 홈 플레이트를 꿰뚫고 포수 미트에 처박혔다.

퍼어엉!

뒤이어 울린 포구 소리가 만원 관중으로 들어찬 챔피언스 필드를 침묵에 빠뜨렸다.

잠시 후.

156km/h.

전광판에 구속이 찍히자 광주 챔피언스 필드가 들썩거렸다.

"우와! 봤어?"

"156? 장난 아닌데?"

한정훈이 기록한 경이적인 구속에 관중들은 놀라움을 감추지 못했다.

무등산 폭격기 선동연을 비롯해 가장 최근에 10억 팔 한기수에 이르기까지 수많은 강속구 투수를 보유해 왔지만 156㎞/h는 프로 야구에서도 흔하게 볼 수 있는 구속이 아니었다.

그것도 아직 프로에 데뷔조차 하지 않은 고등학교 2학년 투수가 기록한 것이니 관중들이 감탄하는 것도 무리는 아니었다. 양측 더그아웃에 앉아 있던 선수들도 하나같이 입을 다물지 못했다.

"와아……! 저 자식 뭐야?"

"저게 진짜 고등학교 2학년이라고?"

어처구니없다는 듯 실실 웃는 게 오랜만에 슈퍼 루키가 출연했다는 표정들이었다. 그러나 서재훈이 원했던 건 이런 뜨뜻미지근한 반응이 아니었다.

"정훈아, 한 번은 정 없으니까 한 번만 더 던져 봐라."

서재훈이 마운드를 내려가려는 한정훈을 냉큼 붙잡았다.

"원래 시구는 한 번만 던지는 거 아니에요?"

"괜찮아, 인마. 서울 트윈스 감독님도 허락하셨으니까."

"하아…….”

"어허! 네가 나한테 배워 간 구종이 몇 개야? 두 개지? 그럼 너도 두 번은 던져야 할 거 아냐?"

"아, 네. 어련하시겠어요."

"그리고 기왕이면 그걸로 던져라."

"그걸로요?"

"그래, 내가 너 160㎞/h도 던진다고 말해놨단 말이야. 그러니까 이번에 확실히 보여줘. 알았지?"

서재훈의 고집에 한정훈이 다시 마운드 위로 올랐다.

그러자 광주 타이거즈의 주전 포수가 한가운데로 미트를 내밀었다.

프로 선수이기 이전에 포수로서 슈퍼 루키라고 불리는 한정훈이라는 투수가 던질 수 있는 최고의 공을 받아보고 싶은 모양이었다.

한정훈은 가볍게 고개를 끄덕거렸다. 그리고 오랜만에 와인드업 포지션으로 전환해 있는 힘껏 공을 던졌다.

후아앗!

초구보다 더 요란스럽게 날아든 공이 포수의 미트를 향해 날아들었다.

퍼어어엉!

포수의 미트가 크게 요동쳤다. 그와 동시에 전광판에 어마어마한 숫자가 나타났다.

163km/h.

"......!"

순간 광주 챔피언스 필드가 정적에 빠졌다.

양 팀 감독도 선수들도 관중들도 심지어 중계진들조차 누구 하나 입을 열지 못했다. 그저 말로만 들었던, 대회 홍보용이라 지레짐작했던 뻥튀기 구속이 챔피언스 필드 전광판 구석에 선명하게 박혀 있었기 때문이다.

이 한정훈발 쇼크 속에서 오로지 서재훈만이 양손 엄지를 번쩍 치켜세우며 좋아했다.

"그래, 정훈아. 바로 이거야!"

서재훈의 얼굴에 한 가득 웃음꽃이 번졌다. 은퇴 경기를 앞둔 투수가 맞나 싶을 정도였다.

그리고 잠시 후.

"한정후우우우우우운!"

응원단장의 커다란 함성 소리가 정적을 깨뜨렸다.

"와아아아!"

"한정훈! 한정훈!"

만원 관중의 입에서 한정훈의 이름이 터져 나왔다.

광주 타이거즈 선수도 아니고 KBO 레전드도 아닌 일개 고등학교 야구 선수 시구자에 불과했지만 자신들의 눈과 귀를 황홀하게 만들어준 한정훈을 뜨겁게 연호해 주었다.

"허……!"

그제야 말문이 트인 서울 트윈스 양상운 감독이 자리에서 벌떡 일어났다.

저 투수다.

자신이 그토록 찾던 서울 트윈스의 10년을 책임질 에이스 투수가 바로 눈앞에 있었다.

어지간해서는 남의 밥그릇을 탐내지 않는 광주 타이거즈

김인태 감독도 눈빛이 달라졌다.

서재훈이라는 노련한 베테랑이 은퇴하는 시점에서 혜성처럼 등장한 한정훈이 왠지 광주 타이거즈와 인연이 있을 것 같다는 생각이 든 것이다.

"와우, 형 봤어요?"

"그래. 나보다 낫다, 야."

광주 타이거즈를 이끄는 쌍두마차 양현중과 윤성민도 고개를 절레절레 흔들어 댔다. 처음으로 던진 시구도 나무랄 데 없었지만 지금 시구는 느낌부터가 달랐다. 단순히 구속만 빠른 공이 결코 아니었다. 포수의 미트 소리가 고막을 찢을 듯 울렸다. 저 정도면 설사 방망이에 맞춘다 해도 타자가 이겨내질 못할 것 같았다.

─미쳤네요.

─아아, 구속이 미쳤단 말씀이시죠?

─아니요. 서재훈 선수요.

─네?

─오늘 완봉승을 거둬도 이건 못 이겨요. 자신의 마지막 경기인데 어쩌자고 한정훈 선수를 시구자로 데려와서는…….

─하하. 그래도 메이저리그 시절 서재훈 선수나 강선우 위원도 한정훈 선수 못지않은 강속구를…….

-못 던졌죠.

-그, 그런가요?

-160㎞/h가 뉘 집 개 이름은 아니니까요.

-박찬오 감독은 100마일을 던진 것으로 아는데요.

-박찬오 감독, 아니, 박찬오 선배도 100마일 언저리에서 놀던 시절이 있었지만 그땐 한창때였거든요. 한정훈 선수는 아직도 성장기고요. 저 어린 선수가 정말 어디까지 성장할지 이제는 소름이 끼칠 정도입니다.

중계진도 감독도 관중들도, 심지어 TV를 지켜보는 시청자들까지 충격에 빠뜨린 뒤 한정훈은 유유히 마운드를 내려왔다.

뒤이어 광주 타이거즈 단장과 서울 트윈스 단장으로 보이는 사내가 한정훈을 맞이하는 모습이 중계 카메라에 잡혔다.

경기 후 당사자들은 좋은 시구에 대한 격려 차원이었다라고 주장했지만 한정훈을 자신들의 팀으로 데려가기 위한 사전 포섭이라는 걸 모르는 이는 없었다.

"진짜 개매너네요."

"명문 구단 단장이라는 작자들이 어떻게 저럴 수 있죠?"

실시간으로 TV를 시청하던 정한그룹 구단 창단 지원팀 직원들은 분노를 감추지 못했다. 못 먹는 감 찔러보는 것도 아니고 저런 식으로 한정훈에게 접근할 줄은 미처 몰랐다는 것이다.

"팀장님, 이대로 보고만 계실 거예요?"

"저쪽에서 수작을 부리는데 우리도 뭔가 해야죠!"

팀원들의 닦달에 박현수 총괄팀장은 곧바로 사장실로 올라갔다.

그리고 잠시 후, 회장실에서 직접 보고를 받겠다는 연락이 내려왔다.

"한정훈 선수, 우리 구단 선수 아니었소?"

"죄송합니다, 회장님. 관례적으로는 그런데……."

"아니, 김 사장 말고 박 팀장이 이야기해 봐요. 뭐가 문제인지."

"그게 그러니까……."

언론상으로는 정한그룹과 부명그룹이 각각 11구단과 12구단을 창단하는 것으로 알려져 있었다.

그러나 그건 어디까지나 큰 틀에서의 합의만 이루어졌을 뿐이다.

연고지 문제부터 시작해 구장과 선수 확보 등 민감한 사안들에 대해서는 아직 제대로 된 논의조차 진행되지 않고 있었다.

"그러니까 서울 진출은 포기해야 한다는 말이오?"

"네, 회장님. 총재 쪽에서도 서울에 추가 구단이 들어오는
건 부담스러워하는 눈치입니다."

"애당초 서울에 한 팀을 추가로 유치해서 서울 팀을 4개로
확정짓겠다고 하지 않았소?"

"그렇긴 합니다만…… 서울 팀들의 반발이 워낙 거세서……."

"허……."

정한그룹 최정한 회장이 헛웃음을 흘렸다. 이래서 계약서
쓰기 전에 오가는 말은 믿을 수가 없었다. 그렇다고 이제 와
서 구단 창단을 포기하기도 어려웠다. 투입된 돈도 돈이지만
이미 대대적인 마케팅을 펼친 상황이었다.

"그래서 차선책이 뭔가?"

최정한 회장이 박현수 팀장을 바라봤다.

그러자 김일도 사장을 힐끔 바라보던 박현수 팀장이 조심
스럽게 입을 열었다.

"서울을…… 포기하시는 게 좋겠습니다."

"포기라……. 그럼 연고지를 어디로 하잔 말인가?"

"그렇지 않아도 몇몇 지자체에서 연락이 왔는데 안양이 어
떨까 싶습니다."

"안양?"

"예, 회장님. 안양은 작년부터 신축 야구장을 준비해 왔습
니다. 지금이라도 저희 쪽에서 유턴한다면 신축 구장을 프로

전용 구장으로 변경시킬 수 있다고 합니다."

"흠⋯⋯."

최정한 회장이 장고에 들어갔다.

서울이라는 어마어마한 도시를 포기하는 조건이 고작 신축 구장이라면 수지타산이 맞지가 않는다. 정한그룹은 애당초 연고지만 확정되면 자비로 신축 구장을 지을 생각이었다. 물론 안양의 도움을 받으면 신축 구장 건축 기간과 금액이 줄어들겠지만 서울 연고 구단의 오너라는 자존심과 맞바꿀 정도는 아니었다. 그러나 애석하게도 지금은 이렇게 여유를 부릴 때가 아니었다.

"저⋯⋯ 회장님."

"뭔가?"

"그리고 드리지 못한 말씀이 있는데⋯⋯."

"말해보게."

"연고지 확정이 늦어질 경우 11구단의 지위를 빼앗길지도 모릅니다."

"그게 무슨 소리인가!"

"KBO에서 창단 신청 순서와는 별도로 드래프트 순서는 실제 창단 순서를 따른다는 내부 방침을 정해 놓아서⋯⋯."

"크으윽!"

최정한 회장이 책상을 내리쳤다.

정한그룹 쪽에서 손익을 따져 가며 뜸을 들이자 KBO에서 드래프트라는 강수를 들고 나선 것이다.

정한그룹보다 한 달이나 늦게 창단 신청서를 냈지만 부명그룹의 창단 속도는 정한그룹보다 빠른 상황이었다.

부명그룹은 애당초 전주라는 연고지를 확정하고 전주 지자체와 공존하여 속전속결로 일을 추진하고 있었다.

그렇다 보니 아직까지 연고지 문제로 고심하는 정한그룹보다 여러모로 사정이 나을 수밖에 없었다.

만약 정한그룹이 연고지 문제로 창단 자체를 백지화하기라도 한다면 부명그룹은 그 틈을 놓치지 않고 11구단의 지위를 빼앗으려 할 것이다.

그때가 되면 명분과 실리, 모든 걸 잃게 된다.

"회장님, 냉정하실 때입니다."

김일도 사장이 최정한 회장을 달랬다.

최정한 회장의 기분을 모르는 바는 아니지만 감정적으로 대처했다간 정말 죽도 밥도 되지 않는 상황으로 이어질지 몰랐다.

"회장님! 연고지만 이해해 주신다면 그다음부터는 정한의 얼굴에 먹칠하는 일 없도록 하겠습니다."

박현수 팀장도 냉큼 고개를 숙였다. 덕분에 최정한 회장도 이내 분기를 억눌렀다.

"박 팀장, 그 말에 책임질 자신 있소?"

최정한 회장이 박현수 팀장을 노려봤다.

지금도 이미 먹칠을 당할 만큼 당한 상황이었다. 여기서 더 우스워진다면 차라리 야구단을 엎는 편이 나았다.

그러자 박현수 팀장이 단호하게 고개를 끄덕였다.

"물론입니다, 회장님. 구장 문제도, 선수 수급도 만족스러운 수준으로까지 해결하겠습니다."

정한그룹에서 신생 구단 창단을 결정지었을 때 누구보다 반겼던 게 박현수 팀장이다. 오죽하면 미래가 보장된 전략 기획실을 뛰쳐나와 신생 구단 창단 지원팀으로 들어올 정도였다. 그런 그가 오랜만에 의욕을 불태웠다. 그 열정이 최정한 회장의 마음을 조금 더 누그러뜨려 놓았다.

"좋소. 그렇게 하시오. 단, 한정훈 선수는 꼭 잡아야 합니다."

최정한 회장이 조건을 걸었다.

한정훈의 확보.

정한그룹의 프로 야구단이 프로 야구 시장에서 자리를 잡느냐 그렇지 못하느냐는 오로지 한정훈에게 걸렸다고 해도 과언이 아니었다.

"알겠습니다, 회장님. 연고지 변경을 내세워 협회에서 추진 중인 특별 선발 제도에 대한 확답을 최대한 빨리 받아내겠습니다. 하지만…… 한정훈 선수를 오래 묶어 두지는 못할 거라는 점은 이해해 주셨으면 좋겠습니다."

박현수 팀장이 솔직하게 대답했다.

한정훈을 잡기 위해서는 욕심을 줄여야 했다. 가뜩이나 선수 협회에서 특별 선발 제도를 반대하고 있는데 실리를 전부 챙기려 든다면 연내에 통과는 불가능했다. 다행히도 최정한 회장은 그 정도로 꽉 막힌 사내가 아니었다.

"메이저리그 때문에 그러는 거요?"

"네, 솔직히 한정훈 선수는 지금 당장 메이저리그에 진출이 가능한 선수입니다. 그런 선수를 오래 묶어 두려 한다면 한정훈 선수가 해외로 눈을 돌려 버릴지도 모릅니다."

"흠……."

최정한 회장이 묵묵히 고개를 끄덕거렸다.

능력이 있다면 큰물에서 놀고 싶은 게 당연한 것이다. 그것을 억지로 막는다면 제대로 된 효율을 내기 어려워진다.

"그 부분은 두 사람에게 일임할 테니 어떻게든 한정훈 선수를 잡아요."

최정한 회장의 입에서 최종 승낙이 떨어졌다. 연고지 이전도 불사하며 내건 목표는 한정훈. 김일수 사장과 박현수 팀장의 입가에 안도의 웃음이 걸렸다.

"이제 다 죽었어."

자리로 돌아온 박현수 팀장은 기자들을 불러 대대적인 반격을 시작했다.

그리고 몇 시간 뒤.

[정한그룹, 안양과 손잡고 11구단 창단 전격 돌입!]

강 건너 불구경하던 부명그룹의 발등에 불이 떨어지는 순간이었다.

3

한정훈의 시구 덕분일까.

서재훈은 자신의 마지막 경기를 7이닝 무실점 호투로 마무리 짓고 마운드에서 내려왔다.

전성기 때의 윽박지르는 패스트볼은 사라졌지만 노련한 볼 배합과 현란한 무브먼트를 자랑하는 변화구들 앞에서 서울 트윈스 타자들은 맥을 못 췄다.

"에라이, 미친놈아. 이게 네가 그토록 꿈꾸던 은퇴 경기냐?"

경기가 끝나고 강선우가 찾아와 서재훈에게 면박을 주었다. 이렇게 잘 던질 생각이었으면 한정훈을 시구자로 내세우지 말았어야 했다. 아니, 한정훈을 시구자로 내세웠다면 시구만 시켰어야 했다. 하지만 서재훈은 무슨 꿍꿍이인지 제 스스로 무덤을 파 버렸다.

덕분에 서재훈의 화려한 피날레쯤으로 나와야 할 기사 제목이 '고교 특급, 한정훈!'으로 도배가 되고 있었다.

그러나 서재훈은 전혀 상관없다는 반응이었다.

시즌 후 은퇴식을 가질 예정인데 은퇴 경기까지 우울하게 만들고 싶은 생각은 추호도 없었다.

그보다 서재훈이 노리는 건 따로 있었다.

"그런데 미국 쪽에서는 아직 별 소식 없냐?"

"미국이라니?"

"미국에서도 우리나라에 관심 많더만. 시구자가 163㎞/h를 던졌으면 그쪽에서도 벌써 난리 나야 하는 거 아냐?"

"뭐야? 너 설마……! 그런 거였어?"

강선우가 어처구니없다는 표정을 지었다.

평생 기억에 남아야 할 은퇴 경기를 팔아 서재훈이 한 짓거리가 이해가 되지 않는 것이다.

그러나 서재훈은 대답 대신 씩 웃어 보였다.

현역으로서 마지막으로 마운드에 오르는 경기에서 서재훈은 자신이 할 수 있는 최고의 선물을 한정훈에게 주고 싶었다. 지난 1년간 함께 재활하면서 알게 모르게 용기와 희망, 그리고 또 다른 꿈을 꾸게 해준 고마운 동생에게 말이다.

서재훈이 준비한 이 깜짝 퍼포먼스의 여파는 당사자의 예상을 훌쩍 뛰어넘었다.

국내 야구계는 물론이고 해외까지 들썩이기 시작한 것이다.

"우리는 지금까지 수많은 시구를 봐 왔습니다. 하지만 그 어떤 시구도 이 영상보다 짜릿하지는 못할 것이라고 단언합니다. 메이저리그에서 좋은 활약을 펼친 제이의 은퇴 경기에서 놀라운 시구가 나왔는데요. 말이 필요 없습니다. 함께 보시죠."

미국 CNM의 해외 스포츠 코너에서 한정훈의 시구 영상이 소개되었을 때, 대부분의 반응은 놀랍다는 것이었다.

그러나 그 뉘앙스는 부정적이었다.

ㄴ한국은 대단해. 이슈를 위해 전광판을 조작하는 것 좀 봐.
ㄴ모든 관중이 한목소리로 연호하고 있어.
ㄴ한국은 저런 게 가능한 나라니까.
ㄴ그런데 제이가 누구야? 아는 사람 있어?

네티즌들은 시구 영상을 믿으려 하지 않았다.

전직 메이저리거의 은퇴 경기에서 시구자로 나선 사람이 163㎞/h의 공을 던졌다는 게 상식적으로 말이 안 된다고 생각했다.

ㄴ이럴 때는 중국인이나 일본인이 나서줘야 해.
ㄴ맞아. 그들이라면 가짜라는 걸 금방 증명할 테니까.

일부 네티즌은 이제 곧 한국의 거짓 동영상의 정체가 폭로될 것이라고 기대했다.

하지만 잠시 후 한 일본인이 올린 추가 동영상은 사람들이 기대하는 폭로와는 전혀 다른 것이었다.

└코리안 쇼크, 한의 동영상. 참고로 시구자가 코리안 쇼크다.

동영상 속에서 HAN이라는 이니셜을 등에 새긴 투수가 6타자 연속 탈삼진을 기록했다. 놀라운 건 화면 옆에 새겨진 구속. 162km/h를 시작으로 최하 159km/h 이상의 구속이 연달아 떠오르고 있었다.

└대단해! 한이 대체 누구야?
└너희들 수준이 형편없구나? 코리안 쇼크, 한을 모른단 말이야?
└한일 고교야구 대항전에서 MVP와 최우수 투수상을 싹쓸이한 슈퍼 키드라고!
└제2의 오타니라 불리던 쇼타를 꺾은 투수다. 이제 좀 설명이 되냐?

일본 네티즌에 이어 한국 네티즌들까지 합세하면서 게시판은 뜨겁게 달아올랐다.

조작이라고 하기에는 증거가 너무 많았다. 무엇보다 견원지간이던 한일 양국의 네티즌들이 한목소리로 한을 추켜세우고 있었다.

조직력만큼은 아시아에서 1, 2위를 다투는 양국 네티즌들이 가세하면서 한정훈의 동영상은 메인 화면까지 진출했다.

그리고 채 하루가 지나지 않아 메이저리그 각 구단들의 관심으로 이어졌다.

한국에 놀라운 슈퍼 루키가 등장했다!
한국의 영건, 101마일을 쏘다!

메이저리그 구단들의 반응은 서재훈의 기대만큼 뜨겁지는 않았다. 아직 프로에서도 검증되지 않은 어린 투수를 구속이 빠르다는 이유만으로 환호할 만큼 메이저리그 시장은 작지 않았다.

실제로 중남미만 가도 160㎞/h에 가까운 공을 던지는 어린 투수들이 수두룩했다. 그러나 그들 중 실제 메이저리거로 활약하는 이는 손에 꼽힐 정도였다. 구속으로 반짝 활약하다 끝없는 부진의 늪에 빠져 이른 나이에 은퇴하는 이도 한둘이 아니었다.

그런 점에서 메이저리그 구단들은 한정훈을 메이저리거 가능성이 보이는 투수쯤으로 언급했다. 실제 한정훈에 대한 정보가 많지 않은 탓에 크게 어필하는 구단은 없었다.

반면 일본 측 반응은 달랐다.

하드뱅크! 쇼타와 한정훈, 동시 영입 선언!

제팬햄, 메이저 진출 선언한 오타니의 빈자리 한정훈과 쇼타로 채운다!

요미다, 한정훈과 쇼타 영입전 가세!

칸신, 한정훈과 쇼타는 코시엔 스타일! 다른 팀에 빼앗길 생각 없다!

지난 한일 고교야구 대항전에서 보여준 한정훈의 실력을 즉시 전력감 이상으로 판단한 것이다.

일본의 모든 구단이 한정훈의 영입을 천명했다. 그중에서도 인기 구단들은 한정훈과 쇼타를 나란히 영입해 최강의 원투펀 치를 구축, 일본 시리즈를 제패하겠다는 야심을 드러냈다.

갑작스런 일본의 한정훈 영입 소식에 KBO와 KBA가 분주해졌다. 차라리 메이저리그에서 관심을 보인다면 그러려 니 하겠지만 일본의 노골적인 제안은 단순히 던져 보기 식이 아니라고 판단한 것이다.

일본의 초특급 고교 졸업생들은 프로에서도 통한다는 걸 오타니가 증명했다. 그리고 쇼타는 그런 오타니의 뒤를 이을 투수로 각광받고 있었다.

그런데 한정훈이라는 신성이 등장해 쇼타와의 대결에서 판정승을 거두었다. 그것도 코시엔이라는, 어지간한 강심장으로는 제 공을 던지기 어려운 최악의 무대에서 말이다. 비록 상대가 일본의 고교야구팀이었다 하더라도 한정훈의 공은 확실했다.

한국을 한 수 아래로 평가하는 수많은 일본의 야구 전문가들조차 한정훈의 공만큼은 인정하고 들어갔다.

이런 상황에서 일본 구단들이 전력으로 한정훈 잡기에 나선다면?

막대한 계약금과 이른 시간 내에 메이저리그 진출을 보장한다면?

한정훈의 마음이 어느 쪽으로 향할지는 뻔한 것이 된다.

"미국으로도 모자라 일본까지 한국의 유망주들을 노리면 답이 없습니다."

"맞습니다. 한정훈 한 명뿐이라고 마음 놓았다간 큰일 날 겁니다. 그 한 명이 열 명이 되고 백 명이 되는 겁니다."

"호미로 막을 일을 가래로도 못 막는 일로 만들지 맙시다."

"한국의 유망주들이 전부 빠져나가면 협회는 무사할 것 같습니까? 지금은 서로 욕심을 버리고 최선의 해결책을 마련해야 할 때입니다."

한국 야구계를 대표하는 양측의 실무진이 모여 일주일간 비밀 협상을 진행했다.

그 결과 소문만 무성했던 신인 드래프트 특별 선발 제도, 속칭 특별 지명에 대한 기본 틀을 확정했다.

특별 지명의 세부 사항은 야구 전문가들조차 머리를 싸맬 만큼 복잡했지만 기본 요지는 간단하고 명확했다. 충분한 실력을 갖춘 고등학교 2학년 선수에게도 드래프트 기회를 주자는 것이다.

충분한 실력에 대해서는 전문가들마다 이견이 분분했지만 결국 국내외 대회에서 MVP, 최우수 선수상을 3회 이상 수상하는 정도로 가이드라인을 잡았다. 거기에 2학년 재학 기간 동안 열린 국가 대항전에 50퍼센트 이상 선발되어야 한다는 조건이 추가되었다.

실력만 믿고 국가의 부름에 응하지 않는 선수에게는 특별 선발의 자격조차 주지 않겠다는 것이었다.

마지막으로 특별 지명을 행사하는 구단은 1차 지명(신규 구단의 경우 우선 지명)권이 소멸되며 KBA 측에 야구 발전금으로 10억을 기부해야 한다는 조항이 덧붙여졌다.

프로 구단이 유망주 확보라는 명목으로 무분별하게 특별 지명을 남발하는 걸 막겠다는 취지였다.

이렇게 기본적인 조건을 정리하자 근 3년간 특별 지명이 가능한 선수는 2명밖에 남지 않았다.

경복고등학교 좌완 에이스 안성민.
└2016 봉황기 최우수 투수상.
└2016 청룡기 최우수 투수상.
└2016 대통령배 최우수 투수상.
└2016 아시아 청소년 야구 선수권 대회 대표 선수.

동명고등학교 우완 에이스 한정훈.
└2017 봉황기 최우수 투수상
└2017 한일 고교야구 대항전 MVP, 최우수 투수상.
└2017 한일 고교야구 대항전 대표 선수.

당초 내부적으로 정한 기준점이 안성민과 한정훈이었던 만큼 만족스러운 결과가 나온 셈이었다.

그러나 김태식은 못마땅한 반응이었다. 당초 KBA에서 제안한 건 대표팀 참석률 100퍼센트였다. 실력만 믿고 까부는 선수들에게 협회의 무서움을 보여줄 수 있는 가장 확실한 방법이 대표팀 선발이었기 때문이다.

하지만 KBO에서는 연초에 열리는 국가 대항전의 경우 2학년 학생이 선발되기 어렵다는 점을 들어 반대했다.

실질적인 이유는 KBA가 이 규정을 들어 지명 장사를 하는 것을 사전에 예방하자는 차원이었지만 덕분에 한정훈을 어떻게든 무릎 꿇리겠다는 김태식의 계획은 점점 요원해지고 있었다.

그러는 사이 청룡기가 끝이 났다.

우승팀은 경복고등학교.

황금사자기에 이어 연속 대회 석권을 노렸던 휘명고등학교가 준우승에 머물렀다.

동명고등학교는 8강전에서 강호 중흥고등학교를 맞아 3대 2 짜릿한 역전승을 거두고 4강에 진출했다. 에이스인 한정훈이 없는 상황에서도 올해 전국 대회 최고 성적을 기록한 것이다.

하지만 애석하게도 선전은 거기까지였다. 휘명고등학교와 성진우의 벽 앞에 결승 진출을 다음으로 미룰 수밖에 없었다. 이번에도 성진우라는 벽을 넘지 못한 공명찬은 또다시 울음을 터뜨렸다.

그러나 우수 투수상에 이름이 올라가자 언제 그랬냐는 것처럼 거드름을 피워댔다.

한정훈도 팀의 선전에 마음이 놓였다.

청소년 야구 선수권 대회 일정상 8월의 대통령배 역시 불참이 확정적이기 때문이었다. 청소년 야구 선수권 대회가 코앞으로 다가오자 협회에서 또다시 딴죽을 걸었다.

봉황기와 황금사자기, 청룡기 3개 대회의 성적을 최우선으로 해서 선수를 선발하겠다는 것이었다. 그러자 최일식을 비롯한 반 협회 기자들은 보란 듯이 한정훈의 선발은 확정이라는 기사를 올렸다. 협회가 꼼수를 부리기 전에 먼저 여론을 선점한 것이다.

네티즌들도 아예 한정훈을 아예 1선발로 못 박았다.

ㄴ한정훈하고 성진우, 이승민 정도면 올해 우승도 가능하지 않아?

ㄴ한정훈을 어떤 경기에 투입하느냐가 관건이겠지

ㄴ성진우하고 이승민이 잘 받쳐 줘야 해. 한정훈이 잘 던져도 다른 선수들이 사고 치면 끝이라고

ㄴ이번에는 원정인데 일본도 베스트 전력이라며? 일본에서 쇼타가 나오면 결국 한정훈밖에 답이 없는 거 아냐?

'한정훈과 쇼타가 다시 붙으면 누가 이길까'란 논제는 한

시간마다 하나씩 올라왔다.

한정훈의 공이 강속구에 강한 미국이나 쿠바에 통할 것인가란 논제 앞에서는 전문가들까지 댓글을 남길 정도였다. 이런 상황에서 한정훈을 대표팀에서 탈락시키는 건 불가능했다. 가볍게 리액션을 하는 것도 어려워 보였다.

'이러다 한정훈이 대표팀에서 까이면?'이라는 논제에 달린 수천여 개의 댓글이 하나같이 살벌했기 때문이다.

"어떻게 할까요? 계획대로 1차 선발 마지막 엔트리에 올릴까요?"

최병곤이 김태식을 바라보며 물었다.

1차 선발 때 35명, 그리고 2차 선발 때 30명, 마지막 최종 선발 때 26명.

김태식은 KBO처럼 순차적으로 선수들을 쳐내며 협회의, 아니, 협회 부회장인 자신의 위상을 세울 계획이었다.

하지만 김태식은 고개를 흔들었다.

누가 흘렸는지 모르겠지만 자신과 한정훈의 불화설이 인터넷에 빠르게 퍼지고 있었다. 이런 때에 농담으로라도 한정훈을 막차 태웠다는 말이 새나간다면 그 불화설이 실체가 되어 두고두고 자신의 목을 조르게 될 것 같았다.

"한정훈은 확정지어."

"네?"

"확정지으라고! 귀가 먹었어?"

"아, 네. 알겠습니다."

최병곤은 김태식의 뜻을 선수 선발 위원회 측에 전했다.

그리고 선수 선발 위원회는 1차 예비 명단을 발표하며 이례적으로 실력이 빼어난 투타 3명에 한해 대표 선발을 확정지었다.

2017 캐나다 썬더베이 청소년 야구 선수권 대회 대표 명단(1차)

최종 선발 확정 명단

한정훈(동명고등학교 2학년, 투수)

이승민(중흥고등학교 3학년, 투수)

성진우(휘명고등학교 3학년, 투수)

박기완(정주고등학교 3학년, 포수)

강동수(휘명고등학교 3학년, 내야수)

황철민(경복고등학교 3학년, 내야수)

35명의 예비 엔트리 가운데 한정훈을 비롯해 한일 고교야구 대항전에서 활약한 6인방이 최종 확정 명단에 올랐다.

이 여섯 명에 대해서는 전문가들은 물론 네티즌들조차 이견이 없었다.

한국 대표팀의 에이스로 자리매김한 한정훈은 일단 논외였다.

이승민과 성진우는 한정훈의 부재 시 대표팀의 원투펀치 노릇을 해야 하는 투수들로 평가받고 있었다.

비슷비슷한 실력의 투수가 없는 건 아니지만 국제 대회 경험과 국내 대회 성적을 전부 따졌을 때 이승민과 성진우가 가장 나은 편이었다.

국제 대회 킬러인 강동수는 네티즌들로부터 한정훈 못지않은 지지를 받았다.

한정훈과 쇼타의 그림자에 가리긴 했지만 한일 고교야구 대항전 최우수 타자상을 수상했다는 이력도 한몫 거들었다.

현 고교 리그 최강의 거포로 성장해 가는 황철민은 대표팀에서 한 방을 터뜨려 줄 수 있는 가장 확실한 타자였다.

대형 포수라 불리는 박기완도 마찬가지였다.

마스크는 경우에 따라 다른 타자들과 번갈아 쓰게 될지 모르겠지만 중심 타선의 뒤를 받쳐 주는 타자로서의 능력만큼은 대체 불가능이었다.

6명의 우선 선발 명단에서 제외되긴 했지만 한일 고교야구 대항전에 선발됐던 나머지 14명의 선수들도 모두 1차 엔트리에 들었다.

한일 고교야구 대항전에 비해 청소년 야구 선수권 대회의 엔트리가 6명이 더 많은 걸 감안하면 이들이 최종 선발될 가능성은 무척이나 높은 편이었다.

결국 나머지 6자리를 놓고 추가 선발된 15명이 경쟁하는 형국이었다. 그중에는 강현승처럼, 팀 배분 차원 때문에 한일 고교야구 대항전에 참여하지 못했던 진짜배기 선수들도 있었다.

그러나 정작 한정훈의 눈길을 끈 선수는 따로 있었다.

공명찬, 그리고 황보연.

동명고등학교 청룡기 4강 진출의 1등 공신인 두 사람이 1차 선발 엔트리에 포함된 것이다.

"이거 잘하면 우리 셋이서 캐나다 가겠는데?"

"야, 너는 남아서 동명을 지켜야지 무슨 헛소리야?"

"웃기시네. 남으려면 2선발인 네가 남아야지, 내가 왜 남냐?"

"시끄럽고. 한 팀에 세 명이 뽑히지는 않는다고 하니까 너 좀 빠져 줘라, 어?"

공명찬과 황보연은 모였다 하면 서로 양보하라며 으르렁거렸다. 한정훈이 한 자리를 확실하게 채운 만큼 동명고등학교에 남은 자리는 하나뿐이라고 생각한 것이다.

하지만 애석하게도 두 코치의 생각은 달랐다.

"둘 중에 누가 뽑힐까요?"

"글쎄."

"코치로서 말고요. 까놓고 이야기해서요."

"까놓고? 그럼 답은 뻔하잖아? 투수 쪽은 추가 선발 해봐야 2명일 건데. 그중에 한 명은 강현승이 확실할 테고, 명찬이가 남은 한 자리를 차지해야 한다는 소리인데……."

"아무래도 어렵겠죠?"

"어렵지. 아마 명찬이도 알 거야. 청룡기 때 잘 던지긴 했지만 구속이나 제구를 놓고 봤을 때 국제 대회에 나갈 정도는 아니잖아."

최창오가 냉정하게 말했다. 그 말에 공감하듯 박용혁도 고개를 주억거렸다. 최종 선발될 가능성도 낮지만 개인이나 동명고등학교를 위해서라도 공명찬은 남아서 대통령배를 준비하는 편이 나았다. 그건 공명찬에 비해 사정이 조금 더 나은 황보연도 마찬가지였다.

"연이는 지금 뽑혀봐야 후보 선수일 텐데 대통령배에 올인하는 편이 낫지 않을까?"

"저도 그렇게 생각합니다. 청룡기 때 타율이 부쩍 올랐으니까요. 대통령배에서 다시 한 번 좋은 모습을 보여준다면 드래프트 하위 지명은 가능할 것 같은데……."

"태극 마크 단다고 무조건 프로에서 상위 지명 해주는 것도 아닐 텐데 말이야."

공명찬과 황보연은 대학 입시보다 어렵다는 프로 입시를

앞두고 있었다. 11구단과 12구단이 창단되면서 예년보다 프로로 갈 선수들이 많아지겠지만 괜히 헛바람 들었다간 하위지명조차 받지 못하는 결과가 나올 수도 있었다.

"그나저나 2차 결과는 언제쯤 나오는 거야?"

"일주일 후라고 하는데 기다려 봐야죠."

"저 꼴을 일주일이나 더 봐야 한다고?"

"쩝. 그냥 애들이 크게 실망하지만 않길 바라야죠."

예정대로 일주일 후 2차 선발 명단이 발표됐다. 그리고 공명찬과 황보연의 희비가 엇갈렸다.

35명에서 5명이 탈락한 2차 명단에 공명찬의 이름은 없었다. 반면 황보연은 가까스로 생존했다.

대표팀 추가 선발의 최대 라이벌로 꼽히던 선수 하나가 발목 부상을 당한 것이다.

"젠장, 좋겠다."

"짜식, 내가 네 몫까지 뛰고 올 테니까 너무 서운해하지 마라."

고개 숙인 공명찬의 어깨를 두드리며 황보연이 위로의 말을 건넸다. 하지만 다시 일주일이 지나고 최종 명단이 발표되자 상황은 역전이 됐다.

"크흑, 진짜 이번엔 뽑힐 줄 알았는데……."

"울지 마, 인마. 다른 애들이 보잖아."

황보연은 프로 입시에라도 떨어진 것처럼 한동안 눈물을

참지 못했다. 그 모습이 어찌나 처연하던지 한정훈은 제대로 인사조차 하지 못하고 대표팀 합류를 위해 동명고등학교를 나설 수밖에 없었다.

4

세계 청소년 야구 선수권 대회 한국 대표 선수로 최종 선발된 인원은 8월 16일까지 찬오 파크로 합류하시기 바랍니다.

대표팀 선수들에게는 공문과 별도로 공히 문자 메시지가 전송됐다.

소집일은 16일.

박찬오는 이번에도 선수들과 짧게 합숙 훈련을 가진 뒤 캐나다 썬더베이로 떠나겠다는 뜻을 밝혔다. 한일 고교야구 대항전에서 기대 이상의 성과를 거둔 덕에 협회도 군말 없이 박찬오의 뜻을 수용했다. 대표팀 감독으로서 자비로 선수들의 합숙 훈련을 진행하겠다는데 만류할 명분 따위가 있을 리만무했다.

강혁은 소집일 전까지 한정훈에게 휴가를 주었다. 소집일과 대통령배 일정이 같은 만큼 괜히 야구부에 기웃거려 봐야 도움이 되지 않는다는 판단에서였다. 어쩔 수 없이 한정훈은 서재훈과 함께 훈련할 계획을 세웠다.

하지만 믿었던 서재훈마저 가족과 함께 해외여행을 떠나 버리면서 한정훈은 홀로 집을 지키는 신세가 되고 말았다.

"만호 녀석이나 부를까?"

해가 중천에 뜰 때까지 침대에 누워 있던 한정훈이 핸드폰을 집어 들었다.

이만호도 대표팀에 합류한 만큼 자신과 비슷한 처지일지 모른다고 여겼다. 그러나 정작 이만호는 연락조차 되지 않았다.

몇 번을 전화해 봤지만 음성사서함으로 넘어가겠다는 알림음만 들려 왔다.

"하아……. 이럴 줄 알았으면 여자 친구나 만드는 건데."

한정훈이 혼잣말처럼 중얼거렸다.

여자들이 들었다면 질색을 할 소리겠지만 가끔 이렇듯 훈련도 없이 혼자 집에서 시간만 축내는 게 정말 싫었다.

자연스럽게 한정훈이 라인 어플을 켰다.

사흘 정도 확인을 못했는데 메시지가 11개나 쌓여 있었다.

메시지의 발신인은 모모코였다.

2016.08.12.土

ㄴ좋은 아침이에요. 모모는 할머니 댁에 왔습니다.

ㄴ식사는 했어요? 한국은 날씨가 무척 덥죠?

ㄴ쇼타 오빠가 일본 대표팀에 선발됐어요. 정말 기뻐요.
정훈 님도 한국 대표팀에 뽑히겠죠?

ㄴ밤이 늦었어요. 안녕히 주무세요.

2016.08.13. 日

ㄴ좋은 아침이에요. 아침 식사는 했나요?

ㄴ오늘은 일요일인데, 정훈 님은 오늘도 훈련을 하나요?

ㄴ오랜만에 어릴 적 친구들과 즐겁게 놀았습니다. 너무 훈
련만 하지 말고 가끔은 휴식도 취해 주세요.

ㄴ안녕히 주무세요.

2016.18.14. 月

ㄴ오늘은 날씨가 너무 덥네요. 정훈 님은 여름을 좋아하
나요?

ㄴ뉴스에서 정훈 님이 대표팀에 선발됐다는 소식 들었어
요. 꺄아. 이번에도 쇼타 오빠와 멋진 경기 부탁해요.

ㄴ할머니와 메밀을 만들고 있어요. 변변치 않지만 사진으
로 대접할게요.

모모코는 하루도 쉬지 않고 네다섯 개씩 메시지를 보내왔
다. 주로 일상에 관한 내용들이다 보니 한정훈이 매번 답장

을 하지 않았지만 모모코는 개의치 않아 했다.

어쩌면 야구에 빠져 사는 쇼타를 통해 한정훈의 모습을 지레짐작하는 것인지도 몰랐다.

야구밖에 모르는 고등학교 소년이 이국의 귀여운 소녀에게 매일같이 관심 어린 메시지를 받는다면 설레는 마음에 잠을 이루지 못할 터였다.

그러나 애석하게도 과거로 돌아왔다고 해서 사라진 동심이나 순수함 같은 게 다시 생기는 건 아니었다.

'눈치가 없는 건가. 아니면 정말 나를 좋아하기라도 하는 건가.'

한정훈이 살짝 미간을 찌푸렸다.

애당초 단체 채팅방을 유지한 건 김선영을 다시 만나고 싶다는 희망 때문이었다. 하지만 애석하게도 김선영은 애인이 있었다. 그것도 2년이나 만났다고 한다. 그때 이후로 한정훈의 단체 채팅방 접속률은 뚝 떨어졌다.

하루에 서너 번은 확인하던 게 한 번으로. 다시 이틀에 한 번 꼴로. 그리고 요즘은 사나흘에 한 번 정도로 바뀌었다.

한정훈의 접속이 뜸해지면서 김선영도 어느 순간부터 단체 채팅방에 들어오지 않았다. 모두 읽음이 되어야 할 메시지 확인 상태는 1명 읽음으로 유지되고 있었다.

한정훈과 김선영이 방치해 버린 단체 채팅방에 모모코 혼자만 남겨진 것이다.

"아무리 생각해도 이건 아니야."

한정훈은 고심 끝에 단체 채팅방을 나갔다.

자신의 이기심 때문에 어리고 순수한 모모코에게 상처를 주는 것 같아 미안한 마음마저 들었다.

그때였다.

지이잉. 지이잉.

격하게 울리는 핸드폰 액정 화면 위로 뜻밖의 이름이 떠올랐다.

아버지.

한정훈은 심란할 새도 없이 통화 버튼을 눌렀다. 그러자 핸드폰 너머로 특유의 무뚝뚝한 목소리가 들려 왔다.

-훈련 없으면 집에 좀 들려라.

과거로 돌아온 이후 아버지에게 먼저 전화가 온 것은 처음이었다. 철이 없었을 때 한정훈은 이런 아버지의 스타일이 너무나 싫었다. 경상도 출신도 아닌데 경상도 남자보다 더 무뚝뚝하다는 게 이해가 가지 않았다. 하지만 나이를 먹고 결혼해 자식까지 키워봐서일까. 지금은 투박한 말투 속에 감춰진 아버지의 마음이 느껴졌다.

그래서일까. 한정훈은 그저 웃음만 났다.

―듣고 있냐?

대답이 없자 아버지가 채근하듯 말했다.

"네, 갈게요."

한정훈은 애써 웃음을 삼켰다.

그렇지 않아도 할 일이 없었는데 이번 참에 집이나 다녀와야 할 것 같았다.

5

"정훈아, 우리 집 가서 밥 먹자. 엄마가 너 오면 소불고기 해주신데~"

집에서 막 나가려던 순간 연락두절이었던 이만호가 나타났다. 퉁퉁 부은 얼굴을 보아하니 오랜만에 푹 쉬다가 이제야 일어난 모양이었다. 다른 때 같았으면 기다렸다는 듯이 이만호를 따라갔겠지만, 오늘만큼은 한정훈도 갈 곳이 있었다.

"됐어, 인마. 너나 많이 먹어."

"왜 그래? 전화 안 받아서 삐친 거야?"

"아니."

"에이, 삐친 거 맞는데?"

"아니라고 했지?"

"그런데 어디 가게? 너 친구도 없잖아."

이만호가 아무렇지도 않은 얼굴로 한정훈의 정곡을 찔렀다. 야구만 하고 살았다곤 하지만 한정훈에게는 그 흔한 중학교 친구조차 없었다.

한정훈은 대답 대신 쓴웃음을 지었다.

기왕 과거로 돌아온 이상 야구도 좋지만 조금 더 사람답게 살아야 할 것 같았다.

6

"정훈아, 어서 오렴."

"오빠, 오랜만이야~"

실로 오랜만에 집에 들른 것인데도 집안의 분위기는 조금도 달라지지 않았다.

생글생글 웃는 새어머니와 새어머니를 닮아 밝고 명랑한 여동생 정아, 이 두 사람과는 전혀 어울리지 않는 표정으로 거실 소파에 앉아 있는 아버지.

한정훈은 괜히 입가가 간질거렸다.

여기서 웃으면 이상해진다는 걸 알지만 자신도 모르게 자꾸 웃음이 나오려 했다.

"시장하지? 조금만 기다리렴."

국자를 든 채로 나왔던 새어머니는 맛있는 냄새가 나는 주
방으로 사라졌다.

대신 정아가 한정훈의 팔을 잡아끌었다.

"왜 그렇게 서 있어. 소파에 가서 좀 앉아 있어."

"저, 정아야. 잠깐만……."

"오빠도 참. 아빠한테 인사는 드려야지."

정아의 넉살에 한정훈은 마음의 준비도 없이 거실로 끌려
가고 말았다.

"헛흠."

한정훈이 다가오자 아버지가 헛기침을 내뱉었다. 말은 하
지 않았지만 어색함과 불편함이 아버지의 표정을 통해 드러
났다.

"아버지, 저 왔어요."

"어, 그래."

"저 신경 쓰지 말고 쉬세요."

한정훈은 아버지가 불편할까 봐 일부러 멀찍이 떨어져 앉
았다.

과거로 돌아오기 전은 굳이 세지 않더라도 이렇게 집에 와
서 아버지와 한 공간에 머무는 게 1년은 훨씬 더 된 일 같았다.

좋은 아들이 되어보자고 작심하고 들어왔지만 현실은 맘
처럼 쉽지 않았다. 당장 아버지를 똑바로 바라보기도 어려웠

다. 평생 보고 살지 않을 자신으로 집을 나왔는데 그 감정이라는 게 하루아침에 좋아진다는 게 더 이상한 일 일지도 몰랐다. 그러자 보다 못한 정아가 한정훈의 손을 잡고는 제 옆자리로 잡아끌었다.

"오빠는 불편하게 왜 그렇게 앉아. 이쪽으로 와."

"아, 아니 나는……."

"아빠가 불편해서 그래? 그럼 내가 한가운데 앉아 있을게. 됐지?"

정아의 노력 덕분에 한정훈과 아버지의 거리가 다시 좁혀졌다. 한정훈은 그런 정아가 늘 고마웠다. 자신이 결혼할 때에도 아버지를 설득해 결혼식장에 앉혀준 게 바로 정아였다. 하지만 피 한 방울 섞이지 않은 남매라는 사실 때문에 늘 차갑고 냉랭하게 굴어야 했다.

나이가 들어서는 그게 습관이 되고 자연스러워져서 따뜻한 말 한마디 건네는 게 쉽지가 않아졌다.

'이번에는…… 오빠 노릇도 해보자.'

한정훈은 정아의 손을 좀 더 힘껏 잡아보았다.

그러나 정작 정아는 리모컨을 들고 이리저리 채널을 돌리느라 정신이 없었다.

그때였다.

"오! 오빠 광고 나온다!"

정아가 리모컨을 내려놓으며 소리쳤다.

무슨 방송을 보려고 저러나 싶었는데 한정훈이 출연한 정한 스포츠 광고를 찾았던 모양이었다.

"이걸 왜 봐."

한정훈이 무안한 표정을 지었다.

정한 스포츠에서 광고 컨셉을 잘 잡긴 했지만 자신의 얼굴을 TV를 통해 본다는 게 좀처럼 익숙해지지가 않았다.

하지만 조금 전까지만 해도 가족들에게는 TV가 한정훈을 볼 수 있는 유일한 대안이었다.

"왜? 내가 우리 오빠 보겠다는데. 그치, 아빠?"

정아가 장난스럽게 웃으며 아버지의 어깨에 안겼다.

그러자 가볍게 헛기침을 내뱉던 아버지의 시선이 TV 쪽으로 향했다.

순간, 한정훈은 보았다. 돌부처 같던 아버지의 입가에 미소라는 게 머물렀다 사리지는 것을 말이다.

'아버지…….'

한정훈은 가슴 한편이 먹먹해졌다.

TV에 나온 아들을 보며 좋아하면서도 막상 바로 옆에 앉은 아들에게는 눈길조자 주지 못하는 아버지에게 죄송하고 또 죄송해졌다.

'아버지, 제가 잘할게요.'

한정훈은 괜히 붉어지려는 눈시울을 손으로 훔쳤다.

"밥 다 됐어요~"

때마침 새어머니가 식사 준비를 끝마쳤다.

"저 손 좀 씻고 올게요."

한정훈은 냉큼 화장실로 가서 찬물에 세수를 했다. 그리고 아무렇지도 않은 얼굴로 식탁에 앉았다.

"정훈아, 차린 건 없지만 많이 먹어."

새어머니가 따끈한 국을 내려놓으며 말했다.

아버지와 통화를 한 게 고작 두 시간 전인데 식탁 위에는 한정식 집에서나 볼 법한 요리와 반찬들이 푸짐하게 차려져 있었다.

"잘 먹겠습니다."

한정훈은 곧바로 젓가락을 움직였다.

예전부터 알고 있었지만 새어머니의 요리 실력은 일품이었다.

과거에도 못 이기는 척 몇 숟갈 들 때마다 더 먹고 싶은 욕구를 참아내느라 고생했을 정도였다.

하지만 꼬인 실타래를 풀기로 마음먹은 만큼 더 이상 철없는 반항은 부리고 싶지 않았다.

"어머니, 밥 한 공기만 더 주세요."

한정훈이 공기를 깨끗이 비우며 말했다.

순간 모든 가족들의 표정이 한정훈에게 향했다. 한정훈의 입에서 나온 '어머니'라는 말 때문이었다.

그러나 정작 한정훈은 그 사실을 인지하지 못하고 있었다.

"밥 없어요?"

"으응? 아니야, 있어. 있고말고."

새어머니가 냉큼 빈 공기를 받아들었다. 그리고는 머슴밥처럼 한가득 밥을 퍼줬다.

"오빠, 천천히 좀 먹어. 그러다 체하겠다."

정아가 빨개진 눈으로 물을 따라주었다.

"그래, 넌 그만 먹어. 그러다 살찌겠다."

한정훈이 장난스럽게 대답했다.

그러자 정아가 언제 그랬냐는 듯 손톱으로 한정훈의 팔꿈치를 힘껏 꼬집어버렸다.

7

식사를 마치고 오랜만에 가족들이 거실에 모였다.

"그럼 수요일부터 합숙 훈련인 거야?"

"응."

"캐나다는 언제 가는데?"

"수요일쯤?"

"가서 언제 와?"

"아마 다음 달 7일 이후에 오지 않을까?"

대화의 대부분은 정아가 묻고 한정훈이 대답하는 식이었다. 아버지는 언제나처럼 말이 없었고 새어머니는 과일을 깎느라 정신이 없었다. 아직은 어색했지만 뭔가 한 가족 같은 분위기에 한정훈은 감회가 새로웠다.

예전에는 이런 자리가 무척이나 불편했다. 아버지에게 생활비를 타서 쓰는 처지라 마지못해 시간만 때우다 가는 정도였다. 하지만 오늘은 좀 달랐다.

아직 소파 스툴에 드러누워 여유롭게 TV를 볼 정도까진 아니지만 이런 느낌이라면 굳이 아버지가 부르지 않더라도 자주 집에 들르고 싶은 마음이었다.

"오빤 좋겠다. 일본도 가고 캐나다도 가고."

정아가 부럽다는 투로 말했다. 그러자 새어머니가 슬쩍 핀잔을 놓았다.

"오빠가 놀러 가는 것도 아닌데 무슨 그런 소리를 하니?"

"엄마는 참. 그냥 부럽다고. 부럽지도 못해?"

정아가 불만스럽게 입술을 삐죽거렸다.

한창 민감할 나이다 보니 충분히 흘려들을 수 있는 소리도 그냥 넘기지 못하는 모양이었다.

"그럼 따라 오던가."

한정훈이 큼지막하게 썰린 사과를 집어 들며 말했다.

"정말? 나 따라가도 돼?"

정아가 반색하며 눈을 반짝거렸다. 한정훈만 승낙한다면 트렁크에 몸이라도 숨길 기세였다.

그러나 해외여행이라는 게 번갯불에 콩 구워먹듯이 갈 수 있는 게 아니었다.

"가긴 어딜 가. 학원은 어떻게 하고?"

새어머니가 쓸데없는 소리 한다며 눈치를 주었다.

평생 싫은 소리 한 번 안 할 것같이 생겼지만 새어머니는 은근히 잔소리가 많았다.

아버지도 정아도 새어머니가 잔소리를 시작하려 들면 먼저 알아서 항복을 선언할 정도였다.

"그냥 해본 말이에요."

정아가 다시 불만스럽게 입술을 삐죽거렸다. 그러다 한정훈을 잠시 흘겨보았다.

하지만 일을 키운 당사자는 능청스럽게 과일을 집어먹느라 바빴다.

밥을 세 공기나 비웠는데도 과일은 끝도 없이 입안으로 들어갔다. 덕분에 과도를 쥔 새어머니의 손이 좀처럼 쉬질 못하고 있었다. 그러나 과일을 깎는 새어머니의 표정은 즐거워 보였다.

오랜만에 본 자식을 마음껏 먹이고 싶은 건 새어머니라고 해서 다르지 않은 모양이었다.

한정훈도 자신만의 방식으로 새어머니에게 마음껏 애교를 부렸다. 그렇게 새로 사 둔 사과 한 박스를 전부 바닥낼 때까지 한정훈의 거친 애정 표현은 계속되었다.

8

"그럼 이만 가 볼게요."

버스가 끊길 시간이 되자 한정훈은 슬그머니 자리에서 일어났다.

마음 같아서는 하룻밤 자고 가고 싶었지만 하필이면 JBS에서 촬영한 다큐멘터리가 방송되는 날이었다.

CF 광고를 보는 것도 민망한데 가족들과 함께 다큐멘터리를 볼 자신은 없었다. 다큐멘터리 속에 가족들에 대한 이야기가 담겨 있으니 더 그랬다.

"자고 가지. 벌써 가려고?"

"대회 끝나고 또 올게."

"진짜지? 안 오면 내가 오빠 오피스텔로 쳐들어간다!"

문 밖까지 마중 나와 아쉬워하는 정아의 머리를 쓰다듬은 뒤 한정훈은 천천히 발걸음을 돌렸다.

그러자 새어머니가 냉큼 뒤따라 나왔다. 그리고 묵직한 봉투를 한정훈에게 쥐여 주었다.

"정훈아, 이걸로 여비 하렴."

"안 그러셔도 돼요. 저 지난 대회에서 포상금 탄 거 있어요."

"그래도 넣어 둬. 혹시 필요할지 모르니까."

새어머니는 고작 금전적인 도움밖에 주지 못하는 게 미안하다는 얼굴이었다. 하지만 한정훈은 못되게 굴던 남의 자식을 친자식보다 더 챙기고 아껴주는 새어머니의 마음이 고맙기만 했다.

"그럼 잘 쓸게요, 어머니."

한정훈이 어쩔 수 없다는 듯 봉투를 집어넣었다.

한일 고교야구 대항전 때 우승 포상금으로 100만원을 받긴 했지만 경비야 많을수록 좋은 법이었다.

"그래, 몸조심해서 다녀오고."

엘리베이터 문이 닫힐 때까지 새어머니와 정아가 손을 흔들어주었다.

그들의 과분한 배웅 덕분일까. 1층에 도착했을 때 한정훈의 눈시울은 다시 붉게 달아올라 있었다.

"아, 맞다! 오늘 오빠 방송하는 날인데……!"

한정훈이 사라지고 몇 분 되지 않아 정아가 다큐멘터리 방영 사실을 알아챘다. 놓칠까 봐 일부러 알람을 맞춰놨는데 그게 한발 늦게 울린 것이다.

"오빠는 없지만 그래도 우리는 본방사수 해야죠?"

정아는 아버지와 새어머니를 양옆에 붙들고 다큐멘터리를 시청했다.

1부에서는 한일 고교야구 대항전 최고의 스타로 떠오른 한정훈의 선발 경기에 대한 내용이 주를 이루었다. 갑작스러운 1차전 선발부터 시작해 이를 악물고 던진 4차전 경기, 그리고 결승전에 이르기까지 주요 순간순간을 한정훈의 소회와 감정을 담아 전했다.

덕분에 가족들도 한정훈이 마운드 위에서 어떤 마음으로 공을 던지는지 이해할 수 있게 됐다.

한정훈에 이어 라이벌로 부각된 쇼타의 경기도 하이라이트처럼 스쳐 지나갔다.

특히나 쇼타는 한정훈과 두 차례 맞대결을 통해 많은 걸 배웠으며 다음 경기에서는 한정훈에게 지지 않겠다는 의지를 불태웠다.

그러나 그런 표현 자체가 한정훈보다 한 수 아래라는 사실을 인정한 것이나 마찬가지였기에 한정훈의 가족들도 웃으며 영상을 지켜볼 수 있었다.

잠시 광고 타임을 가지고 시작된 2부에서는 두 선수의 성장 배경에 대한 이야기가 그려졌다.

한정훈보다 먼저 쇼타가 등장했다.

또다시 한정훈이 먼저 등장할 경우 쇼타 분량 때 시청률이 떨어질 것을 예상하고 방송사가 일부러 편집 순서를 바꾼 것이다.

"엄마! 저 선수 재일교포래!"

쇼타의 출생의 비밀이 방송을 통해 밝혀지자 한정훈의 가족들의 눈빛이 달라졌다.

건방진 일본 선수에서 응원해 주고 싶은 교포 선수로.

방송사가 바라던 대로 쇼타에 대한 감정이 움직였다.

특히나 정아는 쇼타에게 자신 또래의 여동생이 있다는 사실을 알고 무척이나 좋아했다.

한정훈과 쇼타가 라이벌이듯 자신도 쇼타의 여동생과 알고 지내고 싶다며 핸드폰 검색을 하는 열의까지 보였다.

그러나 같은 나라도 아닌 타국의 개인 정보라는 게 그렇게 쉽게 얻어질 수 있는 건 아니었다.

2부가 절반쯤 지나자 시점이 바뀌며 한정훈의 이야기가 시작됐다. 방송 초반, 한정훈은 인터뷰를 통해 가족들의 방송 출연에 대한 부담감을 드러냈다. 좋고 싫음의 문제가 아니라 자신이 철없이 행동한 부분들 때문에 아직은 관계가 원만하지 않다는 사실을 솔직히 밝혔다.

방송사도 한정훈의 요구를 군말 없이 수용해 주었다. 한국을 빛낼 기대주로 각광받고 있는 한정훈이 실력 외적인 문제로 구설수에 오르는 건 피차 부담스러운 일일 수밖에 없었다. 물론 다양한 방식의 인터뷰를 통해 가족들에 대한 이야기를 간접적으로 뽑아냈다.

무뚝뚝한 아버지, 좋은 새어머니, 수다쟁이 여동생.

영상으로 담지는 못했지만 한정훈의 입을 통해서 가족들을 어떻게 생각하는지가 충분히 그려졌다.

"어머, 내 정신 좀 봐."

영상을 끝까지 보지 못하고 새어머니가 주방으로 향했다.

아버지도 소파에서 일어나 애꿎은 창밖을 바라봤다.

정아는 눈이 퉁퉁 부어 있었다.

부모님 때문에 소리 내어 울지 못할 뿐 손에 쥔 화장지 뭉치는 축축이 젖은 지 오래였다.

그러면서도 끝까지 TV에서 눈을 떼지 못했다.

늘 퉁명스럽던 오빠가 방송을 통해 자신에 대한 애정을 보여주는데 그걸 놓치고 싶지 않았다. 그렇게 방송이 끝날 때쯤 한정훈과 가족들 사이에 놓여 있던 커다란 감정의 벽이 허물어져 내렸다.

아직도 자잘한 감정의 벽들은 남아 있지만 서로가 조금만 더 노력한다면, 이번 생에서는 진정 사랑하고 의지할 수 있는 진짜 가족이 될 수 있을 것 같았다.

사흘간의 휴식이 끝난 뒤 한정훈은 찬오 파크에 합류했다.

지난 한일 고교야구 대항전 때처럼 박찬오는 대학 리그의 강팀들과 연습 경기를 주선했다.

하지만 그때처럼 무턱대고 선수들을 기용하지 않았다.

새로 들어온 선수들은 실력 테스트 차원에서 다양한 출전 기회를 주었지만 기존의 선수들은 대표 선수로서 나름의 대우를 해주었다.

그중에서도 한정훈의 활용법은 180도 달라졌다.

첫날 춘계 대학 리그 우승팀 연화대학교와의 경기에서 선발 등판한 이후 철저한 휴식을 가진 뒤 마지막 날 춘계 대학 리그 준우승팀이자 박찬오의 모교인 한성대학교와의 경기에 선발 등판하는 것으로 컨디션 조절을 마쳤다.

한국 대표팀의 첫 경기인 쿠바와의 선발 등판을 대비한 일정이었다. 그렇게 일주일간의 합숙 훈련을 마친 대표팀은 비행기를 타고 캐나다 썬더베이로 향했다.

2017년 썬더베이 세계 청쇼년 야구 선수권 대회.

그 대망의 막이 올랐다.

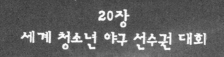

20장
세계 청소년 야구 선수권 대회

1

항공편을 통해 캐나다 썬더베이에 도착한 대표팀은 곧장 숙소로 예정된 호텔로 향했다.

생애 처음 겪는 장거리 비행으로 인해 선수들은 다들 녹초가 되어 있었다. 이 피로를 빨리 풀지 않는다면 당장 경기력에 지장이 생길지도 몰랐다.

"나 진짜 안 씻고 바로 잘 거야."

"아, 짜증 나. 배도 안 고파."

이제 곧 푹 쉴 수 있다는 기대감에 선수들의 얼굴에 하나둘씩 웃음이 번졌다.

하지만 그것도 잠시.

호텔 앞에 붙은 큼지막한 현수막이 눈에 들어오자 선수들의 표정이 다시 굳어져 버렸다.

Again 2008! 한국 청소년 야구 대표팀 환영!

환영의 말까지는 좋았지만 앞에 붙은 어게인 2008이라는 문구가 버스에서 내리는 선수들의 어깨를 무겁게 짓눌렀다.

2008년.

한국 청소년 대표팀이 썬더베이에서 열린 세계 청소년 선수권 대회에서 우승한 해였다. 그리고 공교롭게도 2008년 대회 이후로 지금까지 한국 청소년 대표팀은 우승을 하지 못했다. 우승은커녕 4개 대회 연속 결승전에 진출하지도 못했다.

그나마 성적이 가장 좋았던 건 지난 대회였다. 예선전 전승을 거두며 A조 1위로 올라왔지만 슈퍼 라운드에서 일본, 미국에 연패하며 3, 4위 결정전으로 추락, 3위를 차지하는 데 그쳤다.

그래서일까. 협회는 물론이고 국내 언론들이 가진 기대감은 상당했다.

메이저리그 출신 박찬오가 대표팀을 이끌고 있고 메이저리그 출신 코칭스태프가 뒤를 받치며 한일 고교야구 대항전 슈퍼스타인 에이스 한정훈이 일선에 서서 활약한다면 우승 후보라 불리는 미국과 일본과도 충분히 경쟁할 수 있다는 것이다. 하지만 그건 어디까지나 가정에 불과했다.

매 경기, 아니, 최소한 강팀과의 경기에서라도 에이스인 한정훈을 투입할 수 있는 여건이 만들어진다면 또 모르겠지만 세계 청소년 야구 선수권 대회의 일정상 그런 행운은 따르지 않을 터였다.

"다들 내리자."

버스가 호텔 앞에 도착하자 박찬오가 가장 먼저 몸을 일으켰다. 뒤이어 네 명의 코칭스태프가 차례대로 버스에서 내렸다.

"크게도 붙여놨네."

박찬오의 협박에 가까운 강권으로 투수 코치로 선임된 서재훈이 고개를 흔들어 댔다.

경기장에 붙여놔도 부담이 될 문구를 호텔 정문에 걸어놓았으니 선수들이 밥을 먹다 체하지나 않을까 걱정이었다.

"그래도 호텔은 좋은데요?"

수비 코치로 합류한 박진기 휘명고등학교 코치가 씩 웃었다. 먹고 자는 걸 잘해야 경기를 잘할 수 있다는 그의 지론상 일단 시설은 합격점을 주고 싶은 모양이었다.

배터리 코치로 낙점된 김성하 정주고등학교 코치도 고개

를 끄덕였다. 국제 대회는 처음이지만 이 정도 좋은 호텔이라면 경기력 향상에 도움이 될 것 같았다.

그러자 최인섭이 피식 웃으며 말했다.

"이거 찬오 형 사비 털어서 옮긴 거예요."

애당초 협회에서 잡은 호텔은 경기장과 거리가 먼 호텔이었다. 호텔이라고 부르기에도 애매한 수준이었지만 협회 재정상 어쩔 수 없다는 입장이었다.

그것을 박찬오가 인맥을 총동원해 경기장과 가깝고 시설도 좋은 지금의 호텔로 숙소를 옮긴 것이다.

물론 그 과정에서 발생한 추가 금액은 박찬오의 몫이었다.

그러나 박찬오는 선수들을 위해서라면 그 정도쯤은 얼마든지 부담할 수 있다는 대인배의 모습을 보였다.

"어쩐지 2인 1실이라더니."

"폐막식 다음 날까지 머물 때 이상하다 했습니다."

박진기와 김성하가 그제야 고개를 끄덕였다. 그리고 새삼 존경스럽다는 눈으로 박찬오를 바라봤다. 하지만 박찬오는 그런 공치사나 받으려고 숙소를 옮긴 게 아니었다.

그리고 지금은 한가롭게 노닥거릴 시간이 없었다.

"자, 자. 일단은 방에 들어가서 짐부터 풀고 쉬자. 배고프더라도 조금만 참고. 알았지?"

박찬오의 독려 속에 좀비처럼 늘어진 선수들이 호텔 안으로 들어갔다.

그리고 4시간이라는 꿀맛 같은 휴식을 취한 뒤 선수들은 호텔 식당에서 닥치는 대로 음식을 흡입해 나갔다.

2

다음 날 아침.

청소년 대표팀 선수들은 호텔 근처 운동장에 모여 가볍게 몸을 풀었다.

박찬오가 수많은 호텔 중 지금의 호텔을 선택한 이유는 바로 이 운동장 때문이었다. 전문 야구장은 아니지만 선수들이 충분히 체력 훈련을 할 수 있도록 얼추 시설을 갖춰놓고 있었다.

"후우……."

내일 선발 등판 예정인 한정훈은 가볍게 운동장을 돌았다.

출국 전에 불펜 피칭을 겸해 컨디션을 끌어올리긴 했지만 왠지 몸이 찌뿌듯했다.

장거리 비행의 여파가 아직 남아 있는 모양이었다.

"정훈아, 괜찮아? 내일 던질 수 있겠어? 투수 바꿔 줘?"

한정훈의 표정이 좋지 않자 서재훈이 다가와 장난을 걸었다.

"왜요? 형이 던지게요?"

한정훈이 피식 웃었다. 그러자 서재훈이 짐짓 근엄한 표정을 지었다.

"형이라니. 코치한테."

"아, 네. 코치 형."

"그래, 우리 호칭은 제대로 하자."

"네, 알겠어요. 코치 형."

자신 못지않은 한정훈의 넉살에 서재훈이 깔깔 웃어댔다. 그리고는 한정훈의 어깨를 툭툭 두드렸다.

"잘할 거야. 널 믿고 던져."

서재훈이 진심으로 한정훈을 격려했다.

대표팀의 첫 승과 11년 만의 우승이 한정훈의 어깨에 걸려 있긴 했지만 그 정도 부담쯤은 실력으로 떨쳐 내줄 것이라고 믿었다.

"그럼요. 투수 코치가 누군데요."

한정훈이 힘껏 고개를 끄덕거렸다. 농담이 아니라 이만큼 성장하기까지 서재훈의 도움은 절대적이었다.

체인지업과 너클 커브를 가르쳐 준 건 차치하더라도 서재훈은 투수로서 가져야 할 몸가짐이나 생각, 타자를 상대하는 요령, 컨디션 조절 방법 등 자신이 가지고 있는 모든 노하우를 한정훈에게 아낌없이 전해 주었다.

덕분에 한정훈도 16년간 가늘고 길게 프로 생활을 하며 간혀 있던 좁은 사고에서 벗어날 수 있었다.

이 정도면 충분해라는 안이한 생각이 선수의 성장에 얼마나 큰 독인지를 깨달은 것이다.

만일 서재훈을 만나지 않았다면, 그래서 강혁을 일찍 만나 투구 폼을 미리 바꾸지 않았다면 아마 지금쯤 과거의 한정훈이 지났던 길 언저리에 머물고 있었을 터였다.

도대체 뭐가 문제일까 한숨만 쉬며 말이다.

"나중에 메이저가면 형이 전담 코치 해줘? 통역 겸해서."

기분이 좋아진 서재훈이 한정훈의 옆구리를 쿡쿡 찔렀다.

광주 타이거즈 코치 생활 좀 하다가 한정훈이 메이저리그에 진출할 때쯤 다시 한 번 그곳을 밟아보는 것도 나쁘지 않을 것 같았다.

그러자 한정훈이 냉큼 표정을 바꿨다.

"형 영어 별로잖아요."

"뭐 인마?"

"에이, 형수님이 그러시던데요. 지난번에 외국인이 길 물어봤을 때 도망쳤다고."

"그, 그건 인마 프랑스 사람이었으니까 그랬지."

"그 프랑스인이 영어를 썼다면서요."

"크흠, 이거 왜 이렇게 덥냐?"

서재훈이 슬그머니 말을 돌렸다. 그의 능청스러움에 한정훈이 크게 웃음을 터뜨렸다.

3

오전의 적응 훈련이 끝난 뒤 한정훈은 박찬오, 서재훈과 함께 기자회견장으로 향했다.

그곳에는 이번 대회에 참석한 11개국의 코칭스태프와 대표 선수들이 먼저 와 자리를 잡고 있었다.

"우리가 꼴등이네. 얼른 앉자."

서재훈이 특유의 미소를 앞세워 길을 열었다.

그렇게 주최 측이 준비한 모든 자리가 채워지자 사회자가 마이크를 들었다.

"오늘 기자회견은 개회식을 대신해 진행된다는 점을 먼저 알려드립니다."

당초 예정되었던 개회식은 경기장 사정으로 인해 어제저녁 취소가 결정되었다. 경기장 개보수가 예정보다 늦어진 탓이었다. 다행히 경기 일정의 변동은 없었기 때문에 참가국들도 별다른 불만을 보이지 않았다.

오히려 쓸데없이 선수들을 고생시키지 않아도 좋다며 반색하는 분위기였다.

그러나 개회식을 대신해 준비한 기자회견장에 각국의 언

론사들이 가득 들어차고 그들의 입에서 수많은 질문이 쏟아질 때마다 참가국 대표들의 표정은 빠르게 굳어져 갔다.

그중에서도 기자들의 집중 질문 세례를 받는 일본 대표단의 얼굴에서는 좀처럼 긴장감이 가시질 않았다.

"일본은 고교 대회 일정 때문에 마이너급 대표단을 구성해 왔는데 이번 대회에 베스트로 참가한 이유는 뭡니까?"

"이번 대회에서 우승할 자신이 있다는 이야기입니까?"

각국의 언론들은 일본이 베스트 전력으로 이번 대회에 참석한 저의를 집중적으로 캐물었다.

실제로 일본은 자국에서 열린 지난 대회 전까지 코시엔 일정을 들어 베스트 전력으로 대표팀을 구성하지 않았다.

당연하게도 세계 청소년 야구 선수권 대회의 결과에 큰 의의를 두지도 않았다.

하지만 자국에서 열린 지난 대회에 베스트 전력을 내보내고서도 최종전에서 미국에 패배해 아쉽게 준우승에 머물면서 일본 내부에서도 각성의 목소리가 높았다.

코시엔도 중요하지만 일본 야구의 경쟁력을 높이기 위해서라도 아마 야구 최대 대회인 세계 청소년 야구 선수권 대회의 우승을 목표로 해야 한다는 것이었다.

그런 일본의 속사정을 잘 알고 있는 기자들은 일본 대표팀의 구차한 변명을 기다렸다.

그러나 일본 대표팀 감독 사나다는 일본 내에서도 진중하기로 유명했다.

"세계 청소년 야구 선수권 대회는 최고의 대회입니다. 최고의 대회에 최고의 선수들을 내보내는 것은 당연합니다."

"여기 모인 모든 팀의 최종 목표는 우승이라고 생각합니다."

사나다가 원론적인 대답만 고집하자 기자들의 목표가 자연스럽게 쇼타로 바뀌었다.

하리모토 쇼타.

일본이 좌완 오타니 쇼헤가 될 것이라고 극찬하는 최고의 기대주.

자국의 우승을 노리는 기자들의 입장에서는 어떻게든 생채기를 내고 싶은 대상이었다.

게다가 쇼타는 자존심이 강하기로 유명했다.

"한일 고교야구 대항전에서 MVP를 놓쳤는데 이번 대회는 수상이 가능할 것 같습니까?"

미국 측 기자가 날카롭게 질문했다.

그러나 그 정도 질문은 예상했다는 듯 쇼타가 무표정한 얼굴로 대답했다.

"팀이 우승할 수 있도록 최선을 다하겠습니다."

MVP가 되기 위해서는 일단 팀을 우승시키고 봐야 했다.

하지만 기자들이 원하는 대답은 그런 류의 것이 아니었다.

"오타니 쇼헤와 비교되던데, 기분이 어떻습니까?"

캐나다 기자가 마이크를 받았다.

메이저리그 진출을 선언한 오타니 쇼헤의 몸값은 벌써부터 천정부지로 치솟고 있었다.

메이저리그 30개 구단 전부가 영입에 관심을 보일 정도였다. 그런 대단한 투수와 비견된다는 건 아직 프로에 나가지도 못한 선수에게 상당한 부담감이 될 수 있었다.

그러나 이번에도 쇼타의 표정은 담담하기만 했다.

"기분 좋습니다."

마치 정해놓은 대본이라도 있는 것처럼 대답했다.

"으이그, 멍청이들. 그렇게 질문하면 다 빠져나가지."

보다 못한 중국 기자가 손을 들어 질문권을 얻었다.

중국은 사전에 발표된 예선 라운드에 일본과 같은 B조에 포함되어 있었다.

"이 자리에 각국을 대표한 선수가 많습니다. 그중에서 누가 최고라고 생각합니까? 그리고 누구와 싸워보고 싶습니까?"

중국 기자의 노골적인 질문에 기자회견장의 분위기가 달아올랐다.

통역을 통해 질문 내용이 전해지자 각국 선수들의 눈빛이 달라진 것이다.

한정훈도 쇼타가 누구를 언급할지 궁금해졌다. 그러다 쇼타와 눈이 마주치고는 살짝 당황한 표정을 지었다. 자신을 바라보는 쇼타의 눈빛에서 승부욕, 그 이상의 적개심을 읽은 것이다.

'뭐야, 저 녀석. 나한테 또 왜 저러는 거야?'

한정훈은 쓴웃음이 났다.

하필이면 중국 기자의 질문이 끝나기가 무섭게 자신을 노려보고 있으니 어떻게 대응해야 할지 난감하기만 했다.

그러자 질문을 했던 중국 기자가 다시 입을 열었다.

"한국의 한정훈 선수가 최고라고 생각하는 겁니까?"

한정훈과 쇼타의 라이벌 구도는 대부분의 기자가 알고 있는 사실이었다. 특히나 한정훈이 한일 고교야구 대항전에서 보여주었던 투구는 경이롭기까지 했다.

구속이 빠르면 빠른 대로, 느리면 느린 대로 타자들을 꼼짝 못하게 만드는 영리한 투구는 쇼타와 더불어 경계 대상 1호로 떠올라 있었다.

그러나 쇼타는 최고 선수를 찾아 눈을 돌린 게 아니었다.

"최고의 선수는 결국 우승팀에서 나올 겁니다."

쇼타의 입에서 원론적인 이야기가 나왔다.

그러자 뭔가 대단한 가십거리를 기대했던 기자들이 야유를 보냈다.

하지만 그것도 잠시.

"그러나 한국의 한정훈 선수는 기필코 꺾고야말겠습니다."

쇼타의 감정 어린 발언이 마이크를 타고 울리자 기자들이 언제 그랬냐는 것처럼 박수를 치며 좋아했다.

그러나 모든 기자가 이 라이벌 구도를 반기는 건 아니었다.

미국과 캐나다, 쿠바, 대만, 호주의 기자들은 한정훈과 쇼타에게 모든 관심이 쏠리는 걸 철저하게 경계했다.

"한국의 한정훈 선수에게 질문하겠습니다. 첫 경기가 쿠바입니다. 부담스럽지 않나요?"

캐나다 기자가 한정훈에게 화살을 돌렸다.

본래라면 쇼타의 발언을 어떻게 생각하느냐는 질문이 나와야 정상이지만 캐나다 기자는 제멋대로 화제를 바꿔버렸다.

"한국에서 잘 준비한 만큼 좋은 모습 보여드리도록 노력하겠습니다."

잠시 당황했던 한정훈이 이내 침착하게 대답했다.

쿠바가 아마 야구 최강으로 불리고 있긴 하지만 그렇다고 한국이 상대하지 못할 수준은 아니었다.

그러자 캐나다 기자가 다시 한 번 입을 열었다.

"쿠바에는 장타력을 갖춘 페데즈 선수가 있습니다. 그리고 쿠바 야구계의 신성으로 떠오른 에르난데스 선수도 있고요. 두 선수와의 맞대결에서 승리할 자신 있습니까?"

캐나다 기자가 노골적으로 페데즈와 에르난데스를 언급했다. 그러자 쿠바 대표로 참석한 페데즈가 부리부리한 눈을 들어 한정훈을 노려봤다.

자연스럽게 한정훈의 시선도 페데즈에게 향했다.

페데즈는 이번 대회 활약을 통해 향후 메이저리그 진출이 예상되는 쿠바 대표팀 최고의 타자였다. 그래서 한정훈도 내심 요주의 선수로 분류해 놓은 상태였다.

하지만 수많은 기자가 지켜보는 가운데 저렇듯 도발을 해오는데 약한 모습을 보일 수는 없는 노릇이었다.

"내일은 한국이 이길 겁니다."

한정훈이 간단명료하게 자신의 의지를 전했다.

한국이 이긴다.

그 속에 페데즈와 에르난데스를 꺾어 보이겠다는 투쟁심이 가득 담겨 있었다.

4

기자회견이 끝나고 호텔로 돌아온 박찬오는 곧바로 선수

들을 집합시켰다. 그리고 대회 일정에 대해 다시 한 번 선수들에게 주지시켰다.

"이미 들어서 알고 있겠지만 이번 대회는 예선 라운드와 슈퍼 라운드 방식으로 이루어진다."

세계 청소년 야구 선수권 대회에 참가한 12개 국가는 이미 6개국씩 A그룹과 B그룹으로 나뉜 상태였다.

A그룹 – 캐나다, 한국, 쿠바, 네덜란드, 대만, 호주.

B그룹 – 미국, 일본, 중국, 멕시코, 이탈리아, 남아프리카공화국.

각 그룹의 팀은 풀 리그 방식을 통해 5경기를 치르며 그중 상위 3팀이 슈퍼 라운드에 진출한다.

여기까지는 국제 대회에서 흔히 볼 수 있는 방식이었다.

문제는 슈퍼 라운드.

이 슈퍼 라운드의 특별한 규정 때문에 각국 팀은 예선 라운드 1위를 최우선 목표로 삼을 수밖에 없었다.

슈퍼 라운드에 진출한 상위 3개 팀은 차등적으로 예선 라운드 성적이 가산된다.

1위 팀은 2승, 2위 팀은 1승 1패, 3위 팀은 2패를 안고 다른 그룹의 1, 2, 3위 팀과 연전을 벌인다.

그리고 더해진 최종 승패를 합산해 가장 성적이 좋은 두

팀이 결승전을 치르고 그다음 두 팀이 3, 4위 결정전을 치르게 되는 것이다.

지난 대회에서 한국 대표팀이 결승 진출에 실패했던 것도 이 슈퍼 라운드 결과 때문이었다.

한국 대표팀은 쿠바와 캐나다 등 난적들을 전부 누르고 5전 전승을 거두며 B그룹 1위로 슈퍼 라운드에 진출했지만 미국, 일본에게 패하면서 슈퍼 라운드 성적 3승 2패가 되고 말았다.

반면 A그룹 1위였던 일본(2승)과 미국(1승 1패)은 B그룹의 1, 2, 3위를 연달아 격파하며 3승을 추가, 최종 성적에서 한국을 제치고 1, 2위로 올라섰다.

이 같은 경기 방식을 감안했을 때 우승을 위해 한국 대표팀이 노려야 하는 건 1위밖에 없었다.

그러나 애석하게도 한국이 속한 A그룹의 상대들은 하나같이 만만치가 않았다.

주최국 캐나다는 가장 강력한 다크호스로 꼽혔다.

특히나 이번 대회는 자국에서 치러지는 만큼 통산 두 번째 우승을 이루겠다는 의지가 대단했다.

아마 야구 최강으로 불리는 쿠바는 말이 필요 없는 우승 후보였다.

세계 청소년 야구 선수권 대회에서 우승만 11번을 차지하며 대회 최대 우승국에 이름을 올려놓고 있었다.

대만과 호주는 아시아 야구의 강호였다.

그래 봐야 한국의 적수는 아니라는 인식이 없지 않지만 최근 4개 대회의 성적만 놓고 보자면 한국보다 나았다.

대만은 우승 1회, 준우승 1회.

호주는 준우승 1회.

지난 대회 3위 입상에 그친 한국 대표팀의 입장에서는 쉽게 마음을 놓기 어려웠다.

그나마 해볼 만한 상대를 꼽으라면 네덜란드 정도였다.

WBC를 통해 만만찮은 모습을 보여주긴 했지만 객관적인 전력은 한국보다 한 수, 아니, 두 수 아래였다.

문제는 이 5개의 팀과 5일간 연전을 갖는다는 것이다.

물론 에이스인 한정훈을 2경기에 출전시킨다면 2승은 보장받을 수 있었다.

하지만 그럴 경우 하루 쉬고 열리는 슈퍼 라운드를 에이스 없이 치러야 하는 또 다른 문제에 빠지고 만다.

그래서 박찬오는 한정훈을 1차전에만 내보내기로 결정했다.

첫 경기 상대인 쿠바만 잡으면 다른 팀들과의 경기는 남은 선수들로 충분히 이길 수 있을 것이라고 판단한 것이다.

한국이 목표대로 A조 1위에 오른다면 슈퍼 라운드 일정상

첫날에 B그룹 1위와 맞붙게 된다.

이 경기의 상대가 미국이 될지, 일본이 될지, 아니면 제3국이 될지는 지켜봐야겠지만 박찬오는 여기서 또다시 한정훈을 등판시켜 결승 진출의 포석으로 삼을 생각이었다.

슈퍼 라운드의 남은 두 경기를 최소 1승 1패로 맞춰 최소 4승 1패를 거두면 결승 진출이 유력해진다.

그리고 최종 결승전에서 다시 에이스 한정훈을 투입한다면?

한국이 원하는 시나리오대로 우승이 가능할지 몰랐다.

물론 야구공은 둥글고 뚜껑은 열어봐야 하는 것이다.

에이스를 아끼려다 예선전에서 예상치 못한 복병을 만나 발목이 잡히게 될 수도 있었다.

그러나 박찬오는 꿈을 크게 가졌다. 우승이 목표라면 확실한 계획을 세워야 했다.

주먹구구식으로 닥치는 대로 경기를 치러도 될 만큼 세계 청소년 야구 선수권 대회는 호락호락하지 않았다.

설사 우승에 실패하더라도 그 책임은 온전히 자신이 짊어질 생각이었다. 그건 박찬오를 돕기 위해 따라나선 네 코치의 생각도 같았다.

선수들이 최선을 다해 경기에 임할 수 있는 여건을 만들어 준다.

패배의 책임은 코칭스태프가 진다.

이것이 제대로 된 코칭스태프가 할 일이었다.

"토요일 쿠바전은 예정대로 정훈이가 선발이다. 그다음 캐나다전은 승민이가, 대만전은 큰 진우가 선발 예정이다."

박찬오가 캐나다전과 대만전의 선발을 발표했다.

이승민과 성진우.

박찬오가 한정훈 다음으로 믿을 수 있는 두 투수를 일찌감치 등판시켜 슈퍼 라운드를 대비하며 3승을 쓸어 담겠다는 계산이었다.

둘의 출전 순서에 대해 이견이 많았지만 좌타자에 약한 모습을 보이는 대만전에 성진우를 출전시키는 쪽으로 최종 결론이 났다.

이 부분에 대해서는 서재훈의 언질이 있었던 터라 성진우도 3선발로 밀려났다는 자책 같은 건 하지 않았다.

"그다음 호주전과 네덜란드전은 선발이 유동적이다. 일단 무리 없이 3승을 거둔다면 호주전에는 근영이를, 네덜란드전에는 작은 진우를 등판시킬 예정이지만 앞선 경기들의 결과에 따라 달라질 수 있으니 이 점은 이해해 주기 바란다."

박찬오는 송근영과 박진우에게도 선발에 대비하라고 일러 두었다. 유동적이라는 말을 덧붙이긴 했지만 한국 대표팀이 자랑하는 1, 2, 3선발을 초반에 쏟아붓는 상황에서 최악의 경우를 염두에 두는 선수는 없었다.

"형진이는 힘들겠지만 매 경기 불펜 대기하도록 하자."

박찬오가 가장 어려운 역할을 윤형진에게 부여했다.

경기를 하다 보면 갑작스러운 부상이나 투구 난조로 인해 선발투수가 예정보다 일찍 강판당하는 일이 생길지도 모르는 일.

그때 뒤를 맡아주는 게 윤형진의 몫이었다.

"알겠습니다, 감독님."

윤형진이 담담하게 말했다.

본래 선발투수로 활약하고 싶었지만 대학 야구팀들과의 경기에서 부진했던 만큼 새로운 보직을 군말 없이 받아들였다.

박찬오는 뒤이어 선발 출장할 타순을 정해주었다.

박찬오의 호명이 있을 때마다 선수들의 희비가 엇갈리긴 했지만 그때뿐이었다.

다들 태극 마크를 단 순간 대한민국을 대표하는 선수임을 명심하라는 박찬오의 주문에 하나같이 눈을 번뜩였다.

"그럼 지금부터 쿠바전을 대비한 영상을 보겠다."

협회가 준비한 쿠바 선수들의 영상은 솔직히 말해 조잡했다. 조 편성이 발표된 이후 다급하게 쿠바에 대한 자료들을 긁어모은 탓에 쓸 만한 게 많지 않았다.

특히나 쿠바 타자들에 대한 정보가 없었다.

고의인지 실수인지는 몰라도 쿠바의 신성이라는 에르난데스를 비롯한 투수들의 영상이 대부분이었다.

그러나 다행히도 박찬오에게는 어마어마한 인맥이 있었다.

"이제부터 볼 영상은 비공개 영상이다. 너희는 이 영상을 보고 전부 잊어버려라. 알았지?"

박찬오의 장난기 어린 말에 선수들이 웃음을 터뜨렸다.

하지만 영상이 시작되자 선수들의 표정이 급 진지해졌다.

박찬오가 어째서 비공개라고 못을 박았는지 그 이유를 알게 된 것이다.

첫 화면에 나온 언어는 일본어였다. 그다음에는 중국어, 그다음에는 영어.

놀랍게도 박찬오는 각국의 전략 분석원들을 통해 직접 쿠바에 대한 자료를 받아냈다. 한국 협회도 하지 못한 일을 박찬오가 혼자 해낸 것이다. 덕분에 선수들은 보다 다양한 각도에서 쿠바 선수들을 파악할 수 있게 됐다.

막연히 자신의 공만 믿고 던져야 했던 한정훈에게도 박찬오가 준비한 영상은 큰 도움이 되었다.

다음 날.

세계 청소년 야구 선수권 대회의 막이 열렸다.

첫 경기는 주최국 캐나다와 네덜란드의 경기.

썬디베이 야구장은 만원 관중으로 가득했다.

모두의 예상대로 경기는 초반부터 캐나다 쪽으로 기울었다. 이름조차 모르는 무명의 네덜란드 선발을 맞이해 캐나다 타자들이 7연속 안타를 때려낸 것이다.

최종 스코어 13 대 2.

한 수 위의 기량을 자랑한 캐나다가 6회 콜드 게임 승리를 차지했다.

뒤이어 펼쳐질 2차전은 한국과 쿠바의 경기.

양 팀 선수들이 그라운드에 모습을 드러내자 사방에서 플래시가 터져 나왔다. 그러나 그 방향은 한국 측 더그아웃이 아니라 쿠바 더그아웃을 향해 있었다.

쿠바의 신성 에르난데스.

믿고 쓰는 쿠바산 거포 페데즈.

이 둘을 보기 위해 메이저리그의 구단 대부분이 스카우터를 파견한 상태였다. 그런 열기를 의식한 듯 에르난데스가 시원시원한 연습 투구를 보여주었다.

퍼엉! 퍼엉!

에르난데스의 공이 꽂힐 때마다 포수의 미트가 들썩거렸다. 그 모습을 지켜보던 메이저리그 스카우터들의 얼굴에 미소가 번졌다.

최고 구속 161㎞/h의 포심 패스트볼.

전성기의 마리아 리베라를 연상시키는 강력한 커터!

그리고 뜬금없이 날아드는 슬로우 커브까지!

메이저리그 스카우터들은 벌써부터 에르난데스의 매력에 홀딱 빠져 있었다.

"이건 볼 필요도 없는 경기겠어."

"그러게 말이야. 저 공을 한국의 고등학교 선수들이 무슨 수로 칠 수 있겠어?"

"저건 반칙이야. 에르난데스는 전력이 약한 팀에 가면 당장 5선발을 할 수 있을 정도잖아."

"마이너리그에서 2년 정도만 다듬으면 사이영상도 노려볼 만해."

"그럼 올해는 미국과 쿠바의 싸움이 되겠는걸?"

대화는 초지일관 에르난데스였다.

가끔 페데즈로 주인공이 바뀌긴 했지만 쿠바 대표팀이라는 틀을 벗어나지 않았다.

메이저리그 스카우터 중 누구도 한국 대표팀을 언급하지

않았다. 아니, 오늘 선발 등판한 한정훈이 누구인지 제대로 파악하고 있는 이들조차 드물었다.

어쩌면 당연한 일이었다.

썬더베이에 온 스카우터들은 하나같이 북중미 담당이었다.

아시아 쪽 스카우터들은 따로 있다 보니 굳이 그 시장의 선수들을 신경 쓸 이유가 없었다.

게다가 다른 나라도 아닌 쿠바다.

폐쇄적인 국가라 정보 수집이 쉽지 않은 상황에서 세계 청소년 야구 선수권 대회는 쿠바의 원석을 발 빠르게 손에 넣을 수 있는 기회의 장이었다.

잠시 후, 쿠바와 한국의 1라운드 두 번째 경기가 시작됐다.

선공은 쿠바.

한국 청소년 대표팀의 에이스, 한정훈이 마운드 위에 올랐다.

이때까지만 해도 메이저리그 스카우터들의 시선은 타석에 선 1번 타자에게 향해 있었다.

요르비스 산토스.

페데즈에 가려지긴 했지만 타격 능력과 빠른 발은 물론 장타력까지 갖춘 만능 내야수였다. 게다가 우투양타. 투수에 따라 타석을 바꿔 서는 이점까지 갖췄다.

"여기서 산토스가 살아 나가면 볼 만하겠는데?"

"소문으로는 야구 선수를 해야 할지 육상 선수를 해야 할지 고민했다잖아. 그 정도 주력이면 투수 앞에만 굴려도 안 타겠네."

메이저리그 스카우터들이 기대 어린 눈으로 산토스의 타석을 지켜보았다. 하지만 애석하게도 산토스는 3구 만에 헛스윙 삼진을 당하고 물러나고 말았다.

"산토스가 너무 덤볐어."

"맞아, 저 한국의 10번. 운이 좋은데?"

메이저리그 스카우터들이 웃어넘겼다.

쿠바처럼 쟁쟁한 타자가 많은 팀은 서로 두각을 보이기 위해 덤비는 경향이 있었다.

산토스도 서두르다가 당한 것이라고 여겼다.

2번 타자 알렉시스 말레는 체격이 단단했다.

180은 족히 되어 보이는 키에 적당한 근육까지.

메이저리그 외야에 세워놓으면 딱 보기 좋은 선수였다.

"말레도 무시 못 하지."

"장타력은 산토스보다 낫잖아?"

메이저리그 스카우터들은 저마다의 자료들을 공유하며 말레를 추켜세웠다.

그러나 말레가 고개를 떨구고 타석에서 물러나기까지는 그리 오랜 시간이 걸리지 않았다.

포수 파울 플라이.

그것도 초구를 건드린 결과였다.

"으이그, 아무튼 쿠바 타자들은 인내심이 없는 게 문제라니까."

"내 말이 그 말이야. 공 4개에 벌써 투아웃이라니? 한국 투수만 이득이잖아."

메이저리그 스카우터들이 동시에 불만을 터뜨렸다.

뭔가 제대로 된 실력을 보여줘야 할 선수들이 맥없이 물러나고 있으니 답답함이 치밀어 올랐다.

하지만 그것도 잠시.

"페데즈다!"

"오오! 페데즈!"

우타석에 덩치 큰 쿠바 선수가 들어오자 메이저리그 스카우터들이 언제 그랬냐는 듯 입을 다물었다.

쿠바 대표팀 최고의 강타자 요하니스 페데즈.

그가 방망이를 추켜들며 한정훈을 매섭게 노려봤다.

하지만 정작 한정훈은 기다렸다는 표정이었다.

그렇지 않아도 1번과 2번이 예상보다 맥없이 물러나서 김이 샜는데 페데즈가 3번으로 나서서 다행스럽기까지 했다.

"쿠바산 거포라고 했지? 거포인지 공갈포인지 어디 한번 볼까?"

피식 웃던 한정훈이 곧바로 키킹을 시작했다.

촤라라랏!

스트라이드와 함께 흙먼지가 피어올랐다.

그와 동시에 한정훈의 손끝에서 뭔가가 쏜살같이 튀어나 갔다.

'패스트볼!'

노리던 구종이 들어오자 페데즈가 반사적으로 방망이를 내밀었다.

하지만 스트라이크존을 지나 바깥쪽으로 벗어나는 공을 스위트 스폿에 맞추기란 쉽지 않은 일이었다.

파아앙!

요란한 타구가 1루 쪽 파울 라인 밖으로 휘어 나갔다.

살짝 미간을 찌푸리던 페데즈가 다시 타석으로 들어왔다.

'코스만 맞으면 충분히 칠 수 있다.'

페데즈의 눈동자에 자신감이 번졌다.

한정훈의 공이 빠르다는 이야기는 들었지만 에르난데스의 강속구에 미치지는 못하다고 판단한 것이다.

그러나 그건 어디까지나 초구가 바깥쪽으로 도망치는 패스트볼이었기 때문에 생긴 오판이었다.

'예상대로 홈 플레이트에 좀 더 붙어 섰네. 그렇다면 다음 공은 여기!'

페데즈의 타석 위치를 확인한 이만호가 몸 쪽 꽉 찬 스트라이크를 주문했다.

손가락은 하나. 패스트볼.

공이 조금이라도 몰렸다간 장타를 허용할 수 있는 리드였지만 한정훈은 씩 웃으며 고개를 끄덕였다.

그리고 지체 없이 2구를 내던졌다.

후아앗!

초구와 다름없는 패스트볼이 페데즈의 몸 쪽으로 빠르게 파고들었다. 그러나 패스트볼을 노리고 있던 페데즈는 방망이를 내밀 엄두조차 내지 못했다.

빨랐다.

초구보다 족히 3mile/h 이상 더 빨랐다.

초구에 전광판에 찍힌 구속은 96mile/h(≒154.4㎞/h)

그렇다면 2구는 99mile/h(≒159.3㎞/h)에 육박한다는 이야기였다. 하지만 정작 전광판에 나타난 구속은 초구와 차이가 없었다.

96mile/h.

몇 번이고 전광판을 노려봤지만 숫자는 조금도 달라지지 않았다.

'뭐지? 뭐가 어떻게 된 거지?'

페데즈의 머릿속이 혼란스러워졌다.

분명 2구는 초구와 달랐다. 처음에는 같은 패스트볼이라 여겼는데 갑자기 공이 가속이 된 기분이었다.

그런데 정작 측정된 구속은 똑같았다.

패스트볼에 최적화되어 있는 자신의 신체 감각을 농락하기라도 하는 것처럼 말이다.

한참 동안 멍하니 서 있던 페데즈는 심판의 재촉을 받고서야 타석에 들어왔다. 그런데 풍차처럼 방망이를 두어 번 휘돌리던 루틴이 사라졌다. 조금 전까지만 해도 자신만만함에 가득 차올랐던 그의 눈동자 역시 중심을 잡지 못하고 흔들리고 있었다.

한정훈은 피식 웃었다.

같은 패스트볼이 들어왔는데 전혀 다르게 느껴지니 당황하는 것도 무리는 아니었다. 그런 상대에게 또다시 패스트볼을 던져 주는 건 바보 같은 짓이었다.

다음 타석 때도 페데즈의 머릿속을 복잡하게 만들려면 이쯤에서 다른 공을 던져 줄 필요가 있었다.

이만호도 같은 생각인지 바깥쪽으로 미트를 들어 올렸다.

손가락은 둘.

그러나 일반적인 체인지업과는 다른 엄지와 검지를 펼쳤다.

한정훈이 가볍게 고개를 끄덕였다. 그리고 이만호의 미트를 향해 빠르게 공을 던졌다.

후앗!

마치 패스트볼처럼 날아들던 공이 어느 순간 주춤하며 느려지기 시작했다.

하지만 어마어마한 동체 시력을 가진 페데즈는 한정훈이 공을 던진 순간부터 패스트볼이 아니라는 사실을 간파했다.

설사 동체 시력이 아니라 하더라도 패스트볼과 체인지업, 투 피치 투수인 한정훈이 3구 연속 패스트볼을 던지기란 쉽지 않은 일이었다.

그래서 자신의 방망이를 이끌어 내기 위해 하나쯤은 체인지업이 들어올 것이라고 예상은 하고 있었다.

다만 화가 나는 건 그 코스였다.

공은 스트라이크존에 아슬아슬하게 걸쳐 들어가는 느낌이었다. 체인지업이니만큼 패스트볼보다 낙폭이 크겠지만 포수의 프레이밍의 여부에 따라 충분히 스트라이크로 인정받을 수도 있었다.

'어딜!'

페데즈는 이를 악물고 방망이를 휘둘렀다.

체인지업 타이밍에 맞춰 허리의 회전을 살짝 늦추는 재주까지 선보였다.

'넘겨 버린다!'

다시 사나워진 페데즈의 눈동자가 변화하는 공을 좇았다.

그런데…….

"……!"

떨어져야 할 공이 바깥쪽으로 도망치고 있었다.

'젠장할!'

어떻게든 공을 맞추기 위해 페데즈가 한 팔을 놓았다.

그러나 아슬아슬하게 방망이의 밑 부분을 훑고 지난 공은 이만호의 미트 속에 빨려 들어가 버렸다.

"스트라이크, 아웃!"

이만호가 미트를 들어 올려 보이자 심판이 지체 없이 삼진을 선언했다.

"크아아!"

페데즈가 맹수처럼 포효했다. 그런 페데즈를 뒤로한 채 한정훈과 이만호가 가볍게 손뼉을 부딪쳤다.

6

예상치 못했던 페데즈의 삼진에 메이저리그 스카우터들의 표정이 얼어붙었다.

젊은 스카우터들은 어째서 페데즈가 삼진을 당했는지조차 이해하지 못했다.

경험이 풍부한 스카우터들도 볼 배합에 말려들었다 정도로만 상황을 짐작했다.

그러나 스카우터 경험 20년 차의 베테랑 톰슨은 달랐다.

그의 날카로운 눈은 한정훈이 투수판의 앞쪽을 밟고 공을 던졌다는 사실을 놓치지 않고 있었다.

'가지고 놀았군.'

한참 만에 흥분을 가라앉힌 톰슨의 시선이 더그아웃에 앉아 있는 한정훈에게 향했다.

주변에서는 한정훈이 운이 좋았다는 말들이 많았지만 톰슨은 그딴 수준 낮은 평가에 눈곱만큼도 동의해 줄 생각이 없었다.

페데즈는 오른손 타자다.

그것도 메이저리그 직행을 노리는 선수답게 극단적인 클로즈드 스탠스를 유지하고 있었다. 클로즈드 스탠스의 경우 오픈 스탠스에 비해 투수의 공을 바로 파악하기가 어렵다는 단점이 있다.

그러나 동체 시력이 뛰어난 타자들에게 그 정도 페널티는 큰 부담이 없었다. 오히려 클로즈드 스탠스를 활용한다면 더 많은 장타를 만들어낼 수 있었다. 메이저리그 스카우터들이 쿠바 출신 선수들에게 원하는 것도 정확함보다는 화끈한 방망이였다.

페데즈의 동체 시력은 메이저리그 스카우터들 사이에서도 정평이 나 있었다. 투수의 손끝에서 빠져나온 공을 보고 곧바로 구종을 알아맞히는 재주는 신기에 가까울 정도였다.

그뿐인가. 쿠바 출신답게 배트 스피드도 어마어마했다.

분명 늦었다고 생각하는 순간 허리를 휘돌려 장타를 만들어낼 줄 알았다. 그런 페데즈를 상대로 몸 쪽 패스트볼을 던진다는 건 쉬운 일이 아니었다.

구속이 아무리 빨라도 상관없었다.

쿠바에는 150㎞/h 후반대의 패스트볼을 던지는 투수들이 넘쳐 났다.

그들을 상대로 거침없이 방망이를 휘둘러 온 페데즈를 꺾으려면 최소 165㎞/h 이상의 공은 던져야 한다는 게 메이저리그 스카우터들의 공통된 의견이었다.

물론 그것은 어디까지나 페데즈의 타격 능력에 초점을 둔 평가였다.

165㎞/h를 던지지 않아도 페데즈와 몸 쪽 승부를 펼칠 수 있는 방법은 얼마든지 있었다. 그러나 그건 어느 정도 수준이 되는 투수들에게나 가능한 일이었다.

톰슨은 고교 야구 레벨에서 페데즈를 완벽하게 짓누를 수 있는 투수는 없다고 생각했다.

페데즈가 허무하게 삼진을 당하기 전까지는 말이다.

'대단하군. 대단해.'

망원경까지 꺼내 들고 한정훈의 표정을 살피던 톰슨의 입가에 웃음이 걸렸다.

놀랍게도 한정훈의 표정은 무덤덤했다.

페데즈 같은 강타자를 삼진으로 처리했다면 한참 동안 흥분을 주체하지 못해야 정상일 텐데 한정훈은 조금도 호들갑스러운 모습을 보이지 않았다.

그렇다면 예상 가능한 이유는 둘 중 하나다.

원래 과묵한 성격이든가.

아니면 페데즈 따위는 애당초 안중에도 없었든가.

톰슨은 왠지 후자 쪽일 것 같은 기분이 들었다.

페데즈보다 자신이 한 수 위라는 확신이 없고서야 그런 투구를 선보이기란 어려웠다.

투수판 앞쪽을 밟고 던진 한정훈의 초구는 홈 플레이트 끝을 지나 대각선으로 날아들었다.

배드 볼 히터인 페데즈의 성격을 역으로 이용한 투구였다.

한정훈의 예상대로 페데즈는 공이 눈에 들어오자 곧바로 방망이를 내밀었다.

그러나 클로즈드 스탠스로 도망치는 공을 필드 안으로 불러들이기란 쉽지 않았다.

그렇게 초구는 파울.

전광판 구속은 96mile/h로 표기됐지만 상대적으로 투구의 비행 거리가 길었던 만큼 페데즈가 느끼는 체감 구속은 그보다 훨씬 느릴 수밖에 없었다.

실제로 페데즈는 전광판 구속을 확인한 뒤 가볍게 고개를 흔들었다. 자신의 타격이 마음에 들지 않는다는 제스처가 아니라면 구속에 대한 불신의 표현으로 봐야 했다.

페데즈는 초구를 통해 한정훈을 얕잡아봤다. 그리고 타석에 바짝 붙어 섰다. 한정훈이 자신에게 몸 쪽 승부를 하지 않을 것이라고 확신이라도 하는 것처럼 말이다.

영리하게도, 한정훈은 그 틈을 놓치지 않았다.

96mile/h의 패스트볼.

초구와 별 차이가 없는 그 공을 과감하게 몸 쪽 깊숙이 찔러 넣은 것이다.

100mile/h 대 공도 동물적으로 쳐내는 페데즈였지만 한정훈의 공격적인 투구 앞에 꼼짝도 하지 못했다. 구속은 초구와 같았지만 체감 구속이 확연히 달라졌기 때문이었다. 투수판 앞쪽에서 시작해 우타자의 스트라이크존 안쪽까지 거의 일직선으로 날아든 공은 초구보다 훨씬 빠르고 위협적으로 느껴질 수밖에 없었다.

결국 페데즈는 방망이를 내밀지 못했다.

재수 없을 경우 3루수 앞 땅볼로 물러날 게 뻔한데 첫 타석을 그렇게 날리고 싶지 않았던 것이다.

톰슨도 2구를 지켜본 페데즈의 결정에는 박수를 보냈다.

메이저리그에서 성공하려면 그 정도 판단력과 인내심은 보여줄 필요가 있었다.

하지만 그 시점에서 승패는 결정된 것이나 다름없었다.

투수는 타자의 약점을 철저하게 물어뜯고 있었다.

반면 타자는 자신감이 반 토막 난 상황에서 볼카운트까지 몰리고 말았다.

톰슨은 한정훈의 3구가 몹시 궁금해졌다.

또다시 패스트볼을 던진다면 C, 세컨드 피치라는 체인지업을 던진다면 B, 아주 가끔 강타자들을 상대할 때 선보인다는 너클 커브를 던진다면 A.

그리고 자신이 예상하지 못한 뭔가를 해낸다면 A+.

너클 커브를 던져 준다면 좋겠지만 체인지업이어도 나쁘지 않다고 여겼다.

패스트볼로 페데즈를 꼼짝 못하게 만들긴 했지만 그 이상의 투구는 고교 레벨에서 무리라고 여겼다.

톰슨의 예상대로 한정훈은 체인지업을 던졌다. 그런데 그 궤적이 요상했다.

페데즈가 한 손을 놓으면서까지 맞추려 했지만 실패했다.

그렇다는 건 일반적인 궤적과 전혀 다른 체인지업을 던졌다는 말이 된다.

'이건 물건이야!'

톰슨은 그대로 몸을 돌렸다.

그리고 핸드폰을 집어 어딘가로 전화를 걸었다.

마운드 위에서 에르난데스가 한국 타자들을 상대로 무력시위를 펼치고 있었지만 이미 관심은 한정훈에게 넘어간 지오래였다.

─여, 이게 누구야. 톰슨 아냐?

수화기 너머에서 장난스러운 목소리가 들려왔다.

스티브.

한때 양키즈에서 한솥밥을 먹던, 선수 보는 눈은 있다고여겨지는 스카우터였다.

"인사는 집어치우고. 그때 말했던 한국인 선수 말야. 이름이 한…… 젠장. 이걸 어떻게 읽는 거야?"

한정훈을 발음하려던 톰슨이 이맛살을 찌푸렸다.

아시아 선수들은 이래서 싫었다. 이름부터 좀처럼 입에 붙질 않았다. 그러나 다행히도 스티브는 한이라는 성만으로도톰슨이 누굴 말하려는지 알아챘다.

─한 맞아. 지금 한국 대표팀의 경기를 보고 있는 거지?

"그래."

─한국 팀 투수에서 한은 한 명뿐이야. 등번호 10번. 오버

핸드. 우완. 패스트볼과 체인지업을 구사하고……

"됐어. 거기까지. 그래서 네가 지난번에 말한 투수가 이 녀석이 맞단 말이지?"

5월 무렵, 톰슨은 갑작스러운 스티브의 전화를 받았다.

그리고 한국에 안성민 같은 어린 투수가 나타났으니 눈여겨보라고 조언했다. 안성민은 메이저리그 스카우터들 사이에서도 제법 인정받던 선수였다. 마이너리그 적응을 거쳐야겠지만 잘 다듬는다면 5선발까진 무리 없다는 평가가 많았다.

그러나 톰슨은 스티브의 말을 한 귀로 흘려버렸다.

문제의 선수가 고등학교 2학년이라는 이유 때문이었다.

2학년이던 안성민을 잘못 건드렸다가 한국 야구계의 공식적인 항의를 받은 게 바로 얼마 전의 일이었다.

그런데 또다시 2학년 투수라고 했으니 귀에 들어올 리 없었다. 게다가 실력적인 측면도 썩 매력적이지 않았다. 안성민을 뛰어넘는다면 모르겠지만 안성민 수준이라면 양키즈의 스카우터인 자신이 벌써부터 관심을 둘 이유는 없다고 여겼다.

하지만 만일 그때 스티브가 한정훈에 대해 조금 더 자세한 설명을 덧붙여 줬다면 어땠을까? 지금까지 한정훈의 이름조차 발음하지 못하는 멍청한 모습은 보이지 않았을 터였다.

그러나 정작 스티브도 한정훈이 이 정도까지 빠르게 성장할 것이라고는 예측하지 못한 모양이었다.

-그 녀석이 맞긴 한데…… 내가 그때 말했던 그 녀석은 아니야.

"그 녀석이 맞는데 아니라니? 지금 나랑 말장난 하자는 거야?"

-그 녀석, 올 봄까지만 해도 안성민 수준이었다고. 그런데 올 여름에 쇼타 수준까지 성장했어. 내 말 이해해?

"쇼타? 쇼타라면 일본에서 밀고 있는 그 좌완 투수 말이야?"

-그래. 주변에 연락해서 한일 고교야구 대항전에 대한 자료 좀 읽어봐. 그럼 그 녀석의 얼마 전까지의 수준을 알게 될 테니까.

"얼마 전까지의 수준이라니?"

톰슨은 아시아 지역을 담당하고 있는 스카우터에게서 한일 고교야구 대항전의 자료를 입수했다.

그리고 한정훈에 대한 스카우팅 리포트를 살폈다.

리포트 속 한정훈은 자신이 아는 것처럼 투 피치 스타일의 투수였다.

최고 구속 162km/h, 평균 153km/h의 포심 패스트볼과 종으로 떨어지는 체인지업을 주로 구사하며 가끔 너클 커브를 던진다고 분석되어 있었다.

하지만 조금 전 한정훈이 페데즈를 삼진으로 돌려세울 때의 체인지업은 종으로 떨어지는 체인지업이 아니었다.

정확한 건 확인해 봐야겠지만 분명 횡으로 휘어져 나가는 구질이었다.

그렇다는 건 한일 고교야구 대항전 이후로 새로운 스타일의 체인지업을 추가했다는 말이 된다.

'손재주도 있단 말이지?'

톰슨의 미소가 진해졌다.

스티브가 어째서 얼마 전까지의 수준이라고 단정 지었는지 이제야 이해가 갔다.

메이저리그에서 충분히 통할 만한 하드웨어와 패스트볼을 가지고도 마이너리그를 전전하다가 사라진 투수는 셀 수 없을 만큼 많았다. 그리고 그들 중 상당수가 새로운 구종 장착에 애를 먹었다.

그런 점에서 한정훈이 단기간 내에 변종 체인지업을 익혔다는 건 확실히 메리트가 컸다.

메이저리그에서 생존할 가능성이 보다 높아진다는 이야기였다.

'구단에 보고해야겠어.'

톰슨은 이번 대회의 목표를 에르난데스에서 한정훈으로

전환하기로 마음먹었다.

구단에서 어떤 결정을 내릴지는 모르겠지만 에르난데스보다 한정훈이 한 수 위의 투수인 것만은 분명해 보였다.

그때였다.

"여~ 톰슨, 여기서 뭐 하고 있어요?"

등 뒤에서 능글맞은 목소리가 들려왔다.

'제레미.'

톰슨이 미간을 찌푸렸다.

예상대로 레드삭스의 스카우터 제레미가 핫도그를 손에 든 채로 다가오고 있었다.

"하나 먹을래요?"

제레미가 포장지째 들고 있는 핫도그를 내밀었다.

그러나 톰슨은 스카우터이기 이전에 양키즈 골수팬이었다.

그런 그에게 라이벌 구단의 스카우터가 내미는 핫도그를 받아먹는다는 건 있을 수 없는 일이었다.

"필요 없어."

"이거 정말 맛있다고요."

"너나 많이 먹어."

"그런데…… 경기는 안 보고 여기서 뭐 하는 거예요?"

제레미가 핫도그를 우걱우걱 씹어대며 물었다.

입가를 타고 소스가 흘러나왔지만 제레미의 게슴츠레한

시선만큼은 톰슨을 향해 반짝거리고 있었다.

"그러는 너는?"

톰슨이 반문했다. 그러자 제레미가 입가의 소스를 닦아내며 웃었다.

"왜 그래요. 선수끼리."

"……?"

"나도 당신처럼 다른 물건에 꽂혀 있다고요."

제레미의 말에 톰슨이 반사적으로 미간을 찌푸렸다.

설마하니 제레미가 한정훈을 노릴 줄은 예상하지 못한 것이다. 그렇다고 이 상황에서 한정훈에게 관심이 있다고 드러내 봐야 좋을 건 없었다.

돈이라면 양키즈만큼 많은 게 바로 레드삭스다.

레드삭스가 중간에 끼어 장난을 친다면 제아무리 양키즈라 하더라도 한정훈을 쉽게 얻지 못하게 될 것이다.

"이상한 소리를 하는군. 나뿐만 아니라 여기 에르난데스를 노리지 않는 스카우터가 누가 있지?"

톰슨은 일단 발뺌했다.

제레미가 묘한 눈으로 바라봤지만 일부러 안색을 굳히며 그의 시선을 피해 버렸다.

"정말 에르난데스를 노리는 거죠? 양키즈에 그렇게 보고 할 거고요. 그렇죠?"

제레미가 확인하듯 물었다.

"당연하지. 그럼 내가 누굴 노려야 하는데?"

톰슨이 더 이상 귀찮게 굴면 들이받기라도 할 것처럼 제레미 앞에 얼굴을 들이밀었다.

"하하. 알겠어요, 톰슨. 그렇게까지 말한다면 이만 물러나 드리죠. 톰슨이 누구를 마음에 두고 있는지는 뭐 금세 알게 될 테니까요."

제레미는 선선히 길을 비켜주었다.

덩치는 자신이 컸지만 그렇다고 맛있는 핫도그를 손에 든 채로 존경하는 선배와 주먹다짐을 하고 싶진 않았다.

"그리고 만에 하나라도, 정말로 에르난데스를 염두에 두고 있는 거라면 생각 바꾸는 게 좋을 거예요. 다른 스카우터들도 바보는 아니니까요."

자신을 지나치는 톰슨을 향해 제레미가 한마디 덧붙였다.

"무슨 헛소리야?"

톰슨은 제레미가 마지막까지 자신을 도발하는 것이라고 여겼다. 하지만 그것도 잠시.

"허……!"

전광판의 점수를 확인하고는 쩍 하고 입을 벌리고 말았다.

한국 청소년 대표팀 5 : 0 쿠바 청소년 대표팀.

고작 4회가 지났을 뿐인데 한국 타자들이 에르난데스에게서 무려 5점을 뽑아낸 모양이었다.

톰슨은 다급히 자리로 돌아가 세부 기록을 살폈다.

4회까지 에르난데스의 피안타는 4개, 사사구는 3개.

제구력이 좋지 않은 투수인 걸 감안하면 크게 나쁘지 않은 결과였다.

하지만 실책이 뼈아팠다.

쿠바 야구 고질적인 약점으로 지적받고 있는 수비력 부족이 에르난데스의 발목을 붙든 것이다.

에르난데스가 내준 5점 중 자책점은 3점뿐이었다.

그 과정에서 기록된 공식적인 실책은 1개, 비공식적인 실책까지 더하면 3개.

한 이닝에 거의 1개 꼴로 실책이 나왔으니 에르난데스가 고전하는 것도 무리는 아니었다.

게다가 한국은 일본과 더불어 작전 야구에 능한 팀.

자주 겪어보지 못한 한국의 디테일한 야구에 쿠바 선수들이 흔들렸을 가능성도 배제하기 어려웠다.

하지만 톰슨은 쿠바가 질질 끌려가는 이유를 다른 곳에서 찾았다.

바로 공격력.

5점을 내주면 7점, 8점을 따내는 쿠바 특유의 가공할 만한 공격력이 오늘 경기에서는 전혀 나오지 않고 있었다.

4번의 공격 기회 동안 쿠바가 얻어낸 안타는 단 2개뿐이었다.

그마저도 전부 단타에 그쳤다.

전광판에 적혀 있듯 사사구조차 없었다.

게다가 5회 초 타순이 4번인 걸로 봐서는 주자가 나가는 족족 후속 타자가 병살이라도 친 모양이었다.

"페데즈는? 4회 때도 죽은 거야?"

톰슨이 자신을 따라온 양키즈 스카우터 폴을 바라봤다. 그러자 폴이 실망스럽다는 투로 말했다.

"페데즈는 오늘 엉망진창이에요. 건드리지 말아야 할 공을 건드렸다가 병살을 쳤다고요."

"안타는 누가 친 거야?"

"2회 때 보토가 하나 치고 4회 때 산토스가 하나 쳤어요."

"뭐야? 두 번 다 선두 타자잖아? 그런데 득점을 올리지 못한 거야?"

톰슨이 이해하기 어렵다는 표정을 지었다.

4번의 거구 보토는 몰라도 산토스가 1루에 나갔다면 쿠바 벤치에서 작전을 내놓았을 게 틀림없었다.

"물론 득점을 올리려고 발버둥을 치긴 했죠. 그런데 한국의 저 10번. 잔인해요."

"잔인해?"

"네, 연속으로 견제구만 7개를 던지는데……. 하아, 산토스가 2루로 뛰어보지도 못하고 벨트가 끊어져 버렸다고요."

"허……!"

순간 톰슨의 머릿속으로 폴이 말했던 상황이 생생하게 그려졌다.

4회 초면 한국이 3 대 0으로 리드하고 있을 때다.

3점 차가 작은 점수 차이는 아니지만 장타력을 갖춘 쿠바에게는 크게 부담스러운 점수도 아니었다.

그때 1번 타자이자 발 빠른 산토스가 안타로 출루했다.

팀의 리드오프로서 산토스는 어떻게든 2루로 진루하려고 했을 것이다.

타자들이 한정훈을 제대로 공략하지 못하고 있는데 아웃카운트를 허비해 2루에 가는 건 의미가 없다고 여긴 것이다.

그건 쿠바 벤치의 생각도 마찬가지였을 것이다.

아마도 도루 사인이 떨어졌을 테고 산토스는 2루를 훔치기 위해 리드 폭을 넓혔을 것이다.

그런데 한정훈이 견제구를 던지기 시작한다.

하나, 둘, 셋, 넷, 다섯, 여섯, 그리고 일곱.

아마 일곱 번째 견제구에 놀라 귀루를 하면서 산토스의 벨트가 끊어졌을 것이다.

그리고 산토스의 의지도 함께 꺾였을 것이다.

그렇게 산토스의 발을 묶은 뒤 한정훈은 페데즈를 병살로 유도했다. 쿠바 공격의 시발점이라는 둘을 그렇게 철저하게 유린해 버린 것이다.

"잔인하군. 잔인해."

톰슨도 동의하듯 중얼거렸다. 그러나 그의 표정은 더 큰 희열로 가득 차 있었다.

다른 스카우터들의 반응도 크게 다르지 않았다.

처음에는 에르난데스의 부진해 실망감을 드러내던 그들이 어느 순간 한정훈의 호투에 박수를 치며 좋아하기 시작한 것이다.

"스트라이크, 아웃!"

6번 타자를 4구째 삼진으로 돌려세운 뒤 한정훈이 천천히 마운드에서 내려왔다.

반면 5회에 다시 마운드에 오른 에르난데스는 제구력 난조를 이겨내지 못하고 팀을 패배의 늪 속으로 빠뜨렸다.

한국 타자들은 에르난데스를 단순하게 공략했다.

에르난데스가 주로 구사하는 구종은 포심 패스트볼과 커터라 불리는 컷 패스트볼.

둘 다 패스트볼 계열인 만큼 같은 타이밍에서 대처가 가능했다.

거기에 더해 한국 타자들은 철저하게 한 코스만 노렸다.

우타자들은 몸 쪽 코스, 좌타자들은 바깥쪽 코스.

에르난데스의 커터가 맹위를 떨치는 코스의 공략은 과감하게 포기한 것이다. 덕분에 에르난데스는 2회까지 한국 타자들을 1안타 무실점으로 틀어막았다. 높은 코스로 던지는 유인구에 한국 타자들의 방망이가 곧잘 따라 나온 덕이었다.

하지만 3회부터 에르난데스의 높은 쪽 유인구는 통하지 않았다. 몇 번을 던져도 타자들은 눈 하나 까딱하지 않았다. 마치 에르난데스의 영점을 흐트러뜨리기 위해 지금껏 일부러 방망이를 휘두르기라도 한 것 같았다.

결국 3회에 첫 타자와 두 번째 타자를 연속 사사구로 내주면서 에르난데스는 무너졌다. 3회에만 3실점. 4회는 실책까지 섞이며 2점을 추가로 내줬다. 이런 상황에서 믿었던 4, 5, 6번이 선풍기질만 하며 물러나자 에르난데스의 인내심도 바닥이 나 버렸다.

안타, 볼넷, 볼넷.

순식간에 무사 만루 상황이 만들어졌다.

타석에 들어선 건 3번 타자 강동수.

앞선 타석에서 에르난데스를 상대로 2타점 선취 2루타를 때려낸 장본인이었다. 강동수가 의욕적으로 홈 플레이트에 바짝 붙어 섰다. 여기서 오늘 경기를 끝내겠다며 의욕을 불태웠다. 그러자 바짝 열이 받은 에르난데스가 던져서는 안 될 공을 던지고 말았다.

"으악!"

타자의 머리 쪽으로 날아든 빈볼성 폭투!

강동수가 조금만 늦게 주저앉았다면 그대로 헬멧을 강타했을지 모를 상황이 연출된 것이다.

"퇴장!"

심판은 즉시 에르난데스를 경기장 밖으로 내쫓았다.

타자의 생명을 위협할 수 있는 빈볼은 무조건 퇴장시킨다는 대회 규칙을 적용한 것이다.

5 대 0.

무사 만루 상황에서 에이스의 갑작스러운 퇴장.

이 상황에서 구원 등판한 투수가 제대로 된 공을 던질 리 없었다.

결국 한국은 5회 말에만 5점을 득점하며 10 대 0, 5회 콜드 게임 승리를 거두었다.

21장
슈퍼 라운드

1

경기가 끝나기가 무섭게 세계 각국의 기자들은 한국 측 더 그아웃으로 몰려갔다.

비록 예전만 못하다는 평가가 많았지만 아마 야구 최강이라 불리는 쿠바를 상대로 10 대 0, 5회 콜드 게임을 거둔 건 쉬운 일이 아니었다.

특히나 대회 최강이라 평가받는 쿠바 대표팀의 타선을 2안타로 꽁꽁 틀어막은 한정훈에 대한 관심은 폭발적이었다. 하지만 애석하게도 한정훈은 더그아웃에서 사라진 지 오래였다.

"한정훈 선수는 다음 등판을 대비해 호텔로 돌아가서 휴식을 취하고 있습니다."

대표팀을 대신해 서재훈이 제법 유창한 영어로 사정을 설명했다. 한정훈에게 영어 못한다는 지적을 받아서인지 그는 쓸데없이 발음을 굴려대는 정성까지 보였다. 다행히도 대다수의 기자는 한국 팀의 대처를 이해하는 분위기였다.

한정훈이 5이닝만 던진 만큼 체력 회복에 집중한다면 내일 있을 캐나다전은 무리겠지만 그다음 날 열리는 대만전에는 불펜으로 투입이 가능했다.

그러나 정작 한정훈이 먼저 움직인 이유는 따로 있었다.

메이저리그 스카우터들이 한정훈에게 접촉할지도 모른다는 우려 때문이었다. 물론 메이저리그에서 실력 있는 젊은 유망주들에게 접근하는 건 어제 오늘의 일이 아니었다.

쿠바 대표팀을 상대로 5이닝 동안 2피안타 무실점 8탈삼진 호투를 펼쳤다면 한정훈이 아니라 다른 누구라 하더라도 주목을 받을 수밖에 없었다.

하지만 현재 한정훈은 외부인과 함부로 접촉해서는 안 되는 입장이었다.

"이게 다 정훈이 네가 야구를 잘해서 그런 거니까 이해해 줘라. 응?"

한정훈과 함께 호텔로 돌아온 최인섭이 양해를 구했다.

협회의 눈치를 보느라 한정훈을 곧바로 데리고 나온 게 마음에 걸리는 모양이었다. 그러나 정작 한정훈은 자신을 특별 관리해 주는 박찬오와 코칭스태프가 고맙기만 했다.

현재 한국 야구계에서는 특별 지명 제도를 최종적으로 손질하고 있었다. 이 특별 지명 제도가 통과된다면 그 최우선 수혜자가 자신이 될 거란 사실을 한정훈도 모르지 않았다.

그래서 한정훈도 조용히 야구만 하다 귀국할 생각이었다.

괜히 구설수를 만들었다가 잘 진행되는 특별 지명 제도에 태클을 걸 마음은 추호도 없었다.

물론 꿈의 리그라 불리는 메이저리그 스카우터들의 관심은 언제나 즐거운 일이었다. 하지만 현시점에서 그들이 자신을 어떻게 바라볼지는 뻔한 일이었다.

155km/h대의 포심 패스트볼을 던지는 한국의 유망주.

그리고 그 정도 평가를 통해 받을 수 있는 몸값이란 것도 뻔할 수밖에 없었다.

"그런데 정훈아, 너는 어떻게 할 생각이냐?"

최인섭이 한정훈을 바라보며 물었다.

한정훈의 진로에 대해 벌써부터 국내 언론사들의 예측들이 쏟아지는 상황이었다.

최근의 추세대로 한국 프로 야구를 겪은 뒤 메이저리그에 진출해야 한다는 의견이 대부분이었지만 곧바로 메이저리그에 도전해야 한다는 목소리도 적지 않았다.

"코치님은 어떻게 생각하세요?"

한정훈이 최인섭에게 되물었다.

최인섭이 자신의 입장이라면 어떤 결정을 내릴까. 내심 궁금했다.

그러자 잠시 망설이던 최인섭이 천천히 입을 열었다.

"난 고등학교 때 다른 타자들에 비해 덩치가 컸다. 힘도 좋았고. 얼추 방망이에 가져다 맞추기만 해도 담장을 넘겨 버리는 경우가 많았어. 그래서 나 정도면 메이저리그에서도 충분히 통할 수 있다고 확신했지. 그런데 그건 확신이 아니라 환상이었다는 걸 깨닫는 건 금방이더라."

광주 타이거즈의 지명을 뿌리치고 대학에 진학했다가 곧바로 메이저리그로 옮겨간 최인섭은 3년간 마이너리그 생활을 겪어야 했다.

그리고 고생 끝에 메이저리그의 무대를 밟았지만 이렇다할 활약을 보이지 못한 채 부상을 당하며 한국으로 돌아올 수밖에 없었다.

"물론 너는 나와 사정이 다르지. 난 단순히 가능성만으로 메이저리그에 진출한 거고 넌 실력도 확실하니까. 하지만 너

정도면 굳이 서두르지 않아도 될 것 같아. 한국 프로 야구에서도 배울 건 얼마든지 있거든. 그리고 솔직히 준호 녀석 보면 지금도 부러워 죽겠어. 나도 준호 녀석처럼 타이거즈에 들어가서 실력을 키운 다음에 메이저리그에 진출했으면 어땠을까 하는 후회도 크고."

고등학교 8년 후배인 강준호를 언급하면서 최인섭의 표정이 착잡하게 변했다.

강준호는 서울 히어로즈에서 맹활약한 뒤 메이저리그에 진출, 파이어리츠의 주전 유격수 자리를 꿰차고 있었다.

데뷔 첫해 부상을 당했지만 강준호는 이듬해부터 지난해까지 매 시즌 20개 이상의 홈런을 때려내며 한국 프로리그의 타자도 메이저리그에서 얼마든지 통한다는 사실을 실력으로 입증해 보였다.

덕분에 강준호는 한국 네티즌들 사이에서 류현신과 함께 투타를 대표하는 메이저리거로 각광받고 있었다.

지금 강준호가 받고 있는 스포트라이트.

어쩌면 최인섭이 꿈꿨던 미래인지도 몰랐다.

하지만 최인섭은 프로보다 메이저리그를 먼저 선택했고 애석하게도 그 결과가 생각만큼 나오질 않았다.

선수로서 한정훈은 최인섭의 심정이 충분히 이해가 갔다.

메이저리그에서 씁쓸히 돌아와 한국 프로 야구에서 고군

분투했던 그의 입장에서 봤을 때 강준호가 부러운 건 어쩌면 당연한 일인지도 몰랐다.

하지만 결과가 기대만 못했다고 해서 최인섭의 위대한 도전을 실패로 규정하고 싶진 않았다.

"만약에 코치님이 그 시절로 다시 돌아갈 수 있다면, 다시 메이저리그로 진출하실 거예요?"

한정훈이 조심스럽게 물었다. 그러자 최인섭이 언제 그랬냐는 듯 빙긋 웃어 보였다.

"당연하지. 그때는 그게 최선이라고 생각했으니까."

최인섭은 한 치의 망설임도 없이 대답했다. 하지만 무조건적인 예스는 아니었다.

그때는 메이저리그에 진출하는 게 최선이었다.

그 말이 꼭 야수는 안 된다던 메이저리그에 진출할 길이 열렸는데 그 기회를 거부할 수 없었다는 이야기처럼 들렸다.

한정훈이 뭔가 부족하다는 눈으로 최인섭을 바라봤다. 그런 한정훈의 눈빛을 읽은 것일까.

"물론 지금의 내가 무슨 영화처럼 과거로 돌아간다면, 아마 타이거즈에 들어갔을 거야."

최인섭이 지금까지 그 누구에게도 털어놓지 않았던 진짜 속내를 끄집어냈다.

"타이거즈에요?"

"그래. 너도 알잖아. 그맘때쯤 타이거즈 구단 그룹이 바뀐 거."

"아⋯⋯!"

"내가 입단할 시점이 딱 바뀌기 직전이었으니까 잘만 하면 프로 잠깐 거치고 임대 형식으로 해외 진출하지 않았을까?"

실제로 타이거즈 구단은 2001년을 분기로 신생 그룹으로 넘어갔다. 그리고 그전까지 운영비 충당을 위해 선동연과 이정범이라는 타이거즈를 대표하는 투수와 타자를 일본에 보내야 했다.

당시 최인섭은 타이거즈에 희망이 없다고 여겼다.

설마하니 자신이 미국 진출을 결정한 지 1년도 되지 않아 구단 매각이 원활하게 진행되리라고는 예상하지 못했던 것이다.

그러나 만일 최인섭이 모든 걸 다 알고 과거로 돌아간다면?

메이저리그를 선택하는 것 이외에 또 다른 선택지를 만들어냈을지도 몰랐다.

"그냥 웃자고 해본 말이다."

한정훈의 표정이 필요 이상으로 진지해지자 최인섭이 냉큼 웃어넘기려 했다.

하지만 한정훈은 오히려 생각이 깊어졌다.

최인섭에게는 웃자고 해본 말이겠지만 한정훈에게는 현실

이기 때문이다.

괜한 말을 꺼냈다 싶었던지 최인섭이 수습하듯 한마디 덧붙였다.

"다른 사람 말은 신경 쓰지 말고 무엇이 너한테 이로운지만 생각해 봐. 조건 따진다고 뭐라고 하는 놈들은 제 인생이 아니니까 떠드는 것뿐이야. 한 번 사는 인생이잖아. 안 그래?"

최인섭이 한정훈의 어깨를 툭툭 두드렸다.

"네, 코치님."

한정훈의 입가로 미묘한 미소가 번졌다.

2

첫 단추를 잘 꿰어서일까.

한국은 기대 이상으로 예선 라운드에서 순항을 이어 나갔다.

캐나다전에 선발 등판한 이승민은 7이닝을 6피안타 2실점으로 막아내며 팀을 승리로 이끌었다.

쿠바전에서 강동수에게 결승 타점을 빼앗긴 황철민은 1회 초부터 3점 홈런을 뽑아내며 공격의 선봉장에 섰다.

최종 스코어는 6 대 3.

경기 MVP는 이승민에게 돌아갔다.

쉽지 않은 경기가 될 거라던 대만전은 쿠바전만큼이나 싱겁게 끝이 났다. 이승민에게 자극을 받은 성진우가 9이닝 1실점 완투쇼를 펼치며 대만 타선을 침묵 속에 빠뜨린 것이다.

대만이 자랑하는 왕웨이룬이 6이닝 2실점으로 선방했지만 뒤이어 등판한 투수들이 연속 실점하면서 경기는 8 대 1로 끝이 났다. 이날 경기로 한국 대표팀은 3전 전승으로 A그룹 단독 1위에 올랐다.

공동 2위는 2승 1패를 거둔 쿠바와 대만.

주최국 캐나다는 한국전에 이어 쿠바전에서도 패하며 1승 2패로 공동 4위에 머물렀다.

상황이 여유롭자 박찬오는 당초 예상대로 송근영과 박진우에게 선발 기회를 주었다.

호주전에 등판한 송근영은 6이닝 동안 5피안타 2실점으로 호투하며 팀의 10 대 2, 7회 콜드 게임 승리를 이끌었다.

타자들도 기회가 올 때마다 득점을 뽑으며 송근영의 어깨를 가볍게 만들어주었다. 예상과는 다르게 의외로 가장 까다로웠던 경기는 네덜란드전이었다.

4전 전승이라 방심한 탓도 있겠지만 전패의 위기에 몰린 네덜란드 선수들은 그야말로 독기를 뿜어냈다.

초반에 제구력 난조를 보인 박진우를 두들겨 5회까지 5점을 뽑아내는 저력을 드러냈다.

반면 한국 대표팀 타자들의 플레이는 상대적으로 산만했다. 실책만 3개. 주루 플레이 미스에 작전 실패까지 더하면 나무랄 게 한두 가지가 아니었다.

보다 못한 박찬오는 한정훈에게 몸을 풀라고 지시했다.

박찬오의 속내를 알아챈 한정훈은 군말 없이 불펜으로 향했다. 그제야 선수들은 하나둘씩 정신을 차리고 경기에 집중했다. 그 결과 8회 초, 대량 득점이 터지며 예선 전승을 기록했다.

네덜란드전 최종 스코어는 11 대 6.

이로써 한국은 조 1위로 슈퍼 라운드에 진출하게 됐다.

3

세계 청소년 야구 선수권 대회 예선 라운드 결과.

A그룹.

1위 대한민국 5승.

2위 쿠바 4승 1패.

3위 대만 3승 2패.

4위 캐나다 2승 3패.

5위 호주 1승 4패.

6위 네덜란드 5패.

B그룹.

1위 미국 5승.

2위 일본 4승 1패.

3위 멕시코 3승 2패.

4위 이탈리아 2승 3패.

5위 중국 1승 4패.

6위 남아프리카 공화국 5패.

A그룹 슈퍼 라운드 진출국은 한국과 쿠바, 대만으로 결정되었다. 개최국 캐나다와 호주, 네덜란드는 순위 결정 라운드로 떨어졌다.

관심을 모았던 B그룹의 순위는 예상에서 크게 벗어나지 않았다. 1, 2위를 다툴 것이라던 미국과 일본, 그리고 두 나라를 제외하고는 가장 강하다는 멕시코가 슈퍼 라운드에 올라왔다.

이탈리아와 중국, 남아프리카 공화국은 A조 하위 3개국과 함께 순위 결정 라운드에서 최종 순위를 가리게 됐다.

슈퍼 라운드의 대진표는 금세 나왔다.

1일 한국(A1) 대 미국(B1).

2일 한국(A1) 대 일본(B2).

3일 한국(A1) 대 멕시코(B3).

미국전 선발은 당초 예정대로 한정훈이었다.

그런데 결승 진출에 위기감을 느낀 일본 측에서 언론 플레이를 시작하면서 이야기가 복잡해졌다.

일본의 에이스 쇼타, 한국전 정조준!

일본, 한국과 쿠바, 대만 잡고 결승전 직행한다!

휴식일 아침부터 일본 대표팀은 한국 대표팀과의 경기 때 쇼타를 내보낼 것이라고 공언했다.

그러면서 한정훈과 꼭 한번 붙고 싶다는 쇼타의 의지를 전했다. 그러자 미국의 언론들도 한정훈과 쇼타의 대결을 기정사실화하기 시작했다.

일부 극성 언론은 한정훈이 쇼타에게 도전장을 받았다며 한정훈이 이 대결을 피해서는 안 된다고 종용하기까지 했다.

"와아, 이 치사한 놈들. 이렇게까지 해서 정훈이를 피하고 싶은 건가?"

뉴스를 살피던 서재훈이 고개를 흔들어 댔다.

"그만큼 정훈이가 부담스럽다는 이야기겠죠, 뭐."

최인섭이 이해는 간다며 피식 웃었다.

미국은 난적 일본을 꺾고 B그룹 1위에 오르면서 슈퍼 라운드 2승을 챙겼다.

하지만 지난 대회에서 한국이 그러했듯 예선 라운드 1위를 했다고 해서 결승 진출이 확정된 것은 아니었다.

미국은 첫날에 한국, 둘째 날에 쿠바, 마지막 날에 대만과 경기를 갖는다.

문제는 이 세 나라가 하필이면 미국전에서 에이스 투수를 등판시킨다는 것이다.

한국의 한정훈.

쿠바의 에르난데스.

대만의 왕웨이룬.

한 경기만 패해도 계산이 복잡해지는 슈퍼 라운드의 특성상 수준급 투수들과의 연전이 부담스러울 수밖에 없었다.

미국 대표팀이 예선 5경기에서 거둔 성적은 썩 좋지 않았다.

경기당 평균 득점은 7.6점, 반면 평균 실점은 5.3점에 달했다.

쇼타가 빠진 일본을 상대로 10 대 9, 난타전을 벌인 걸 감안하더라도 득점 대비 실점이 제법 높은 편이었다.

그만큼 이번 대회에서 미국 대표팀은 정상 컨디션이 아니었다.

특히나 선발투수들이 제구력 난조로 애를 먹고 있었다.

그럼에도 미국이 5전 전승을 거둘 수 있었던 건 타자들이 분전해 준 덕분이었다.

그중에서도 4번 타자 마이크 샌더스의 활약이 돋보였다.

예선에서만 8개의 홈런을 몰아치며 캡틴 아메리카의 역할을 충실히 수행했다.

하지만 이 같은 미국 대표팀의 타력이 슈퍼 라운드에서도 유효할 것이라고 예상하는 전문가는 드물었다.

미국이 예선 라운드를 치른 B그룹에서 일본을 제외하고는 적수라고 부를 만한 팀조차 없었다. 남아프리카 공화국과 이탈리아, 중국 모두 야구계의 변방 취급을 받는 곳이었다.

게다가 대진 운도 따랐다.

한정훈을 의식한 쇼타가 첫 경기인 멕시코전 등판을 자청하고 멕시코도 에이스인 루이스 몬테르로 맞불을 놓으면서 미국은 양 팀과의 대결에서 에이스를 피하는 어부지리까지 누리게 된 것이다.

만약 쇼타와 루이스 몬테르를 상대해서도 미국 대표팀이 7점이 넘는 점수를 뽑아낼 수 있었을까?

전문가들 대부분의 답은 '아니오'였다.

유일한 위안이라면 그래도 마이크 샌더스가 홈런을 때려 낼 가능성은 높다는 것뿐이었다.

상황이 이렇다 보니 미국 대표팀 측에서도 승리를 위한 대책 마련에 열을 올릴 수밖에 없었다.

현재 미국에서 믿을 수 있는 투수는 두 명뿐이었다.

에이스 제이크 루피와 좌완 존 콜벳.

이 둘 이외에는 선발로 마운드에 올릴 만한 선수가 없었다.

존 콜벳은 좌완 투수에 약한 모습을 보이는 대만전에 투입시키는 것으로 일찌감치 결정이 났다.

남은 두 경기 중 제이스 루피를 내세울 수 있는 경기는 한 경기뿐이다. 어쩔 수 없이 나머지 한 경기는 후보 투수를 내세울 수밖에 없는 형편이었다. 문제는 후보 선수를 누구와 맞붙이느냐는 것이었다.

쿠바를 상대로 5이닝 무실점 호투를 펼친 한국의 에이스 한정훈.

한국전에서 무너졌지만 사흘 뒤 캐나다와의 경기에서 8이닝 1실점 14탈삼진의 위력 시위를 한 쿠바의 에이스 에르난데스.

고작 몇 경기의 결과만으로 한정훈과 에르난데스, 둘 중 누가 나은 투수인지 단언하기란 쉽지 않았다.

하지만 미국에 버금가는 쿠바 타선을 잠재워 버린 한정훈 쪽이 더 까다롭다는 점에 대해서는 이견이 없었다.

그렇다고 에르난데스를 상대로 난타전으로 끌고 간다는 것도 현명한 선택 같지는 않았다. 에르난데스도 만만치 않지만 가공할 만한 쿠바 타선도 문제였다.

미국 타자들이 에르난데스를 상대로 다득점을 할 동안 후보 투수가 쿠바 타자들을 최소한의 실점으로 막아야 하는데……

냉정하게 말해 둘 다 어려워 보였다.

그러던 차에 미국보다 더 머릿속이 복잡해진 일본에서 잔꾀를 부렸다.

언론을 부추겨 한정훈과 쇼타의 맞대결을 요구한 것이다.

일본의 입장에서는 한국이 미국과의 경기에 한정훈을 등판시켜 승리하는 걸 경계할 수밖에 없었다.

일본이 계획대로 한국을 비롯한 A그룹 세 팀을 모두 잡더라도 한국이 미국에 이겨버리면 한국, 일본, 미국이 4승 1패가 되는 결과가 나오기 때문이었다.

일본이 원하는 최상의 시나리오는 지난 대회처럼 한국이 미국, 일본에게 연달아 패하고 3, 4위전으로 떨어지는 것이다.

그래서 일본은 일부러 한정훈을 자극했다.

이번에는 일본 청소년 대표팀으로 출전한 만큼 제아무리 한정훈이라 해도 쉽지 않을 거라는 계산이 깔려 있었다.

그런 일본의 속셈을 알아챈 미국도 한정훈이 쇼타와 맞대결을 벌여주길 대놓고 기대했다. 양국 대표팀의 꼼수에 세계 각국의 언론들이 장단을 맞춰주었다.

여론이 이상한 쪽으로 흐르자 박찬오는 일단 한정훈을 불렀다. 그리고 한정훈의 의사를 확인했다. 만약 한정훈이 쇼타와의 맞대결을 희망한다면 진지하게 선발 교체를 고민해 볼 생각이었다.

하지만 정작 한정훈의 반응은 시큰둥하기만 했다.

"미국전에 나가겠습니다."

"미국전에?"

"네, 일본하고는 몇 번 맞붙어 봤으니까요."

"그래?"

박찬오가 피식 웃었다.

한정훈이 양국 언론의 입방아에 흔들리면 어쩌나 싶었는데 기우였던 모양이었다.

하지만 한정훈의 입장에서는 당연한 선택이었다.

쇼타는 나중에라도 몇 번이고 맞붙을 수 있었다.

하지만 미국 청소년 대표팀은 달랐다. 이 시점이 아니라면 다시 만날 방법이 없었다.

한정훈은 메이저리그 스카우터들이 지켜보는 가운데 미국 청소년 대표팀을 제대로 상대해 보고 싶었다.

그것보다 메이저리그 스카우터들에게 확실한 눈도장을 받

는 일은 없다고 판단했다.

"혹시 쇼타에게 하고 싶은 말 있니?"

언론 플레이에 대비하려는 듯 박찬오가 물었다.

"결승전에서 보자고 전해 주세요."

한정훈이 슬쩍 입가를 비틀어 올렸다.

이번 대회에서 굳이 최고의 투수가 누구인지 가리고 싶다면 그 무대는 결승전이 딱이었다.

박찬오는 곧장 한국 측 기자들을 불렀다. 그리고 한정훈을 미국전에 내보내겠다고 공언했다.

"왜 미국전입니까? 쇼타와의 맞대결은 피하는 겁니까?"

"쇼타가 두려워서 미국전에 출전하는 겁니까?"

몇몇 한국 기자가 불만의 목소리를 냈다.

주변에서 한정훈과 쇼타의 맞대결을 확신하고 있는데 한정훈이 발을 빼려는 모양새가 마음에 들지 않는다는 것이었다.

그러나 박찬오는 한정훈의 말을 빗대어 논란을 잠재웠다.

"일본이 결승에 올라온다면, 그때 한정훈 선수를 내보내겠습니다."

박찬오의 단호한 의지가 한국 언론을 통해 전해졌다.

아니꼬우면 결승에 올라오라는 자신감에 한정훈과 쇼타의 맞대결을 부추기던 언론도 이내 잠잠해지고 말았다.

"빌어먹을! 이렇게 된 이상 쇼타를 쿠바전에 투입한다."

일본 대표팀은 쿠바전 선발을 바꿨다.

한정훈이 없는 한국이라면 쇼타가 아니더라도 충분히 승산이 있다고 판단한 것이다.

하지만 미국 대표팀의 사정은 좋지 않았다.

제이스 루피가 갑자기 체기를 보이면서 한국전 등판은 둘째 치고 쿠바전 등판마저 어려워진 것이다.

에이스인 제이스 루피마저 없는 상황에서 한정훈을 상대로 미국 대표팀이 승리할 수 있는 가능성은 그야말로 희박해 보였다.

설상가상으로 미국의 한 야구 도박 사이트에서 미국의 승리 배당을 한국보다 15배나 높게 책정하면서 미국 대표팀의 사기가 바닥으로 떨어지고 말았다.

15배 차이면 패배가 확실하다는 소리였다.

실제로 해당 사이트에서 미국과 남아프리카 공화국 경기 때 내걸었던 배당률의 차이가 16배였다.

"이렇게 된 이상 수단과 방법을 가리지 말고 이겨야 해!"

미국 대표팀 단장은 이를 악물었다.

제이스 루피가 쿠바전에도 등판하지 못하는 상황까지 감안했을 때 어떻게든 한국전을 잡아야 했다.

설사 그것이 스포츠맨십에 어긋난다 할지라도 말이다.

미국 대표팀의 강력한 입김은 곧바로 작용했다.

한국과 미국의 경기에 배정되었던 네덜란드 심판진이 갑자기 캐나다 심판진으로 변경된 것이다. 사실을 전해 들은 한국 대표팀은 갑작스런 심판진 변경을 이해할 수 없다고 주최 측에 항의했다. 그러나 주최 측에서는 공정성을 위한 재배정이었다며 의혹을 일축해 버렸다.

게다가 한국 협회마저 긁어 부스럼을 만든다고 몸을 사리는 탓에 심판 배정은 미국 측의 바람대로 캐나다 심판진으로 결정되고 말았다.

"정훈아, 오늘 심판 판정이 좀 까다롭더라도 너무 신경 쓰지 말자. 알았지?"

경기에 앞서 서재훈이 단단히 주의를 주었다.

심판진까지 변경한 미국이라면 뭔가 다른 꼼수를 준비했을 가능성이 높았다.

"에이, 설마 미국이 일본처럼 그럴까요."

한정훈은 가볍게 웃고 말았다.

일본이라면 몰라도 세계 청소년 야구 선수권 같은 큰 대회에서 미국이 대놓고 장난을 치진 않을 것 같았다.

그러나 한정훈은 알지 못했다.

승리라는 명목하에 치졸하게 구는 건 미국이 일본보다 한수 위라는 사실을 말이다.

"플레이 볼!"

한국과 미국의 슈퍼 라운드 1라운드 첫 경기는 미국의 선 공으로 시작됐다.

마운드에 오른 한정훈은 1번 타자를 유격수 땅볼로 처리 했다. 2구째 던진 변종 체인지업에 1번 타자의 방망이가 성 급하게 따라 나온 것이다.

뒤이어 타석에 들어선 2번 타자는 4구째 스탠딩 삼진으로 잡아냈다. 철저하게 바깥쪽 코스만 노리는 2번 타자의 노림 수를 꿰뚫고 3구와 4구 연속 몸 쪽 패스트볼을 붙인 게 주효 했다.

여기까지는 한정훈의 계산대로였다. 그런데 3번 타자 이 브라임이 등장하면서 경기가 이상해졌다.

"저 자식 뭐야?"

이브라임의 괴상한 타격 자세에 한정훈이 투구 자세를 풀 고 미간을 찌푸렸다.

국내 프로 야구에도 이영규처럼 타격 자세가 특이한 선수 가 있었다.

타격 시 오른발로 홈 플레이트를 쓸어내는 듯한 동작은 한 동안 논란이 되기도 했다. 하지만 이브라임의 타격 자세는 이영규와 비교조차 할 수 없었다. 단순히 자세의 문제가 아니라 의도의 문제였다.

마치 안쪽 공은 전부 몸으로 받아낼 것처럼 상체를 홈 플레이트 쪽으로 바짝 기울이는 듯한 모습만 보더라도 투구를 방해하려는 얄팍한 속셈이 뻔히 드러났다.

"타임!"

박찬오도 즉시 더그아웃을 나와 심판에게 항의했다.

그러나 정작 캐나다 구심은 큰 문제가 없다는 반응이었다.

"본인에게 확인해 봤는데 타격 시에는 상체를 편다고 합니다."

"그래도 저건……."

"다른 팀과의 경기에서도 별문제가 없었습니다. 그리고 문제가 있는지 없는지는 제가 판단하겠습니다."

캐나다 구심이 뻔뻔스럽게 말했다.

박찬오가 몇 번이고 논리적으로 따져 들었지만 캐나다 구심은 눈 하나 까딱하지 않았다.

결국 박찬오는 한정훈을 향해 미안하다는 제스처를 보였다. 경험 많은 감독이었다면 단호하게 몰아붙였겠지만 애석하게도 감독 박찬오는 아직 그 정도로 독하지 못했다.

한정훈도 신경 쓰지 않겠다며 자신의 가슴을 두드렸다.

하지만 그렇다고 해서 신성한 야구장에서 장난을 치는 이브라임을 이대로 두고만 볼 생각은 없었다.

한정훈이 매서운 눈으로 이만호를 바라봤다.

그런 한정훈의 눈빛을 읽은 듯 이만호가 몸 쪽 바짝 붙는 패스트볼을 요구했다.

'어디 얼마나 잘 피하나 보자.'

한정훈은 있는 힘껏 공을 던졌다.

후아앗!

분노가 어린 공이 매섭게 이브라임의 몸 쪽으로 파고들었다.

"흐엇!"

깜짝 놀란 이브라임이 다급히 상체를 뒤로 젖혔다.

그 과정에서 날아들던 공이 방망이의 밑동을 때리고 튕겨져 나갔다.

명백한 파울이었다.

엉덩방아를 찧은 이브라임이 엄살을 부렸지만 방망이 끝에 공이 맞았다는 건 내야수들조차 알고 있었다.

그런데 갑자기 심판이 1루를 향해 손을 뻗었다.

히트 바이 피치스 볼.

심판이 공에 타자가 맞았다고 선언한 것이다.

"뭐?"

한정훈이 말도 안 된다며 양팔을 들어 올렸다. 그러나 심판의 판정은 번복되지 않았다.

이브라임은 기다렸다는 듯이 자리에서 일어나 1루 쪽으로 걸어 나갔다.

그리곤 1루 코치와 함께 하이파이브를 했다. 애당초 맞고 나가는 게 작전이기라도 한 것처럼 말이다.

"아오……!"

한정훈은 오랜만에 속이 부글부글 끓어올랐다.

그건 세계 청소년 야구 선수권 대회를 독점 중계하고 있던 SBC 방송사 중계진도 마찬가지였다.

―미쳤네요.

해설을 맡은 강선우는 한마디로 상황을 정리했다.

미쳤다.

심판도 미치고 타자도 미치고 야구도 미쳤다.

이런 경기를 중계해야 하는 자신도 미칠 것 같았다.

―이게 말도 안 되는 상황이라는 건 시청자 여러분들께서도 더 잘 아시겠지만 그래도 혹시 모르니 느린 화면으로 다시 한 번…….

―아니요. 저건 볼 필요도 없어요.

-너무 확신하시는데요?

-아까 저 얌생이 같은…….

-크흠, 강 위원님.

-하아, 이름이 뭐였죠? 저 색…… 아니, 선수요.

-이브라임 선수였죠.

-네, 이브라임 선수가 방망이를 어떻게 잡고 있었는지 기억 못하시는 분들이 계실까 봐 말씀드리면…….

-아! 그러고 보니 분명 짧게 잡고 있었죠. 그래서 강선우 위원도 기습 번트가 나올지도 모르겠다고 하셨고요.

-그렇죠. 방망이를 짧게 잡고 있는데 몸에 맞는 공이 나온다면 저렇게 멀쩡하지 못합니다. 손가락이 부러졌을 가능성이 높으니까요.

-그래도 확실한 게 좋으니까 느린 화면으로 다시 한 번 보시죠.

SBC 방송사는 심판의 어처구니없는 판정에 항의라도 하듯 몇 번이고 같은 화면을 송출했다.

그리고 방망이 끝을 맞고 공이 튕겨 나갔다는 걸 명확하게 밝혔다.

-이건 타구가 튕겨져 나가는 것만 봐도 파울이네요.

-그렇죠. 그러니까 미쳤다는 말이 제 입에서 안 나올 수가 없어요.

-어떻게 이런 걸 오심할 수 있을까요?

-이번 대회에 비디오 판독이 없으니까 저러는 거겠죠.

-그래도 아마 이 화면이 각국의 방송사를 통해 리플레이 되고 있을 텐데……. 저 심판은 어디서 저런 용기가 났는지 이해가 가지 않네요.

-하아…….

강선우가 애써 숨을 골랐다. 심판의 어처구니없는 판정에 화가 났지만 명색이 해설위원으로서 감정만 앞세우고 있을 수는 없었다.

-다행히 대한민국의 에이스, 한정훈 선수는 크게 흥분하지 않은 것 같습니다.

캐스터도 적절하게 화제를 돌렸다.

중계 카메라에 한정훈이 무심한 얼굴로 로진 백을 매만지는 게 잡힌 것이다.

-흥분하지 않은 게 아니라 엄청 화나 보이는데요.

강선우가 불안한 목소리로 말했다.

한정훈의 저 표정. 지난번 한일 고교야구 대항전에서 한 번 본 기억이 있었다.

─하하, 각도에 따라서는 그렇게 보이기도 하네요.

캐스터가 애써 웃어넘겼다. 그러는 사이 타석에 4번 타자가 들어왔다.

─4번 타자 마이크 샌더스 선수 타석에 들어섭니다. 이 선수, 조심해야겠죠?

─네, 미국 타자들 중에서 한정훈 선수가 유일하게 경계할 필요가 있는 선수입니다.

─샌더스 선수 기록을 살펴보니 예선 5경기에서 홈런이 무려 8개였습니다. OPS가 14할……. 어마어마하네요.

─미국이 속했던 B그룹은 쉬운 팀들이 많았으니까요. 그래도 샌더스 선수의 장타력은 무시하기 어렵습니다. 특히나 몸 쪽 공을 잘 잡아당기니까요.

샌더스의 등장에 중계진이 다시 제 모습을 되찾았다.

강선우가 특유의 시니컬한 해설을 이어 가자 캐스터의 얼굴에도 안도감이 번졌다.

그러나 마운드에 서 있는 한정훈은 또다시 속이 부글부글 끓어올랐다.

'저 자식은 또 뭐야?'

입술에 뭐라도 묻은 듯 연신 혓바닥으로 입술을 핥아대는 샌더스의 타격 자세가 한정훈의 심기를 건드린 것이다.

과민 반응일 수도 있지만 한정훈은 샌더스가 자신을 도발한다고 생각했다.

그렇지 않고서야 저렇게 게슴츠레한 눈으로 자신을 바라볼 필요가 없었다.

팡! 팡!

한정훈을 독려하듯 이만호가 일부러 주먹으로 미트를 때렸다.

'정훈아! 이딴 녀석들 신경 쓰지 말고 빨리 끝내자.'

이만호가 초구로 바깥쪽으로 흘러나가는 체인지업을 요구했다. 전형적으로 잡아당기는 유형인 샌더스라면 헛스윙을 해줄 것이라 기대하며.

한정훈도 일단 고개를 끄덕거렸다. 그리고 이만호의 요구대로 공을 던졌다.

후앙!

패스트볼처럼 날아들던 공이 마지막 순간에 미끄러지듯

옆으로 흐르며 추락했다.

그러나 예상과는 달리 샌더스의 방망이는 나오지 않았다.

'뭐야? 뭘 노리는 거지?'

한정훈에게 공을 돌려준 뒤 이만호는 2구로 바깥쪽 패스트볼을 요구했다.

원 볼인 만큼 스트라이크를 던져 줘야 했다. 그것도 타자가 공략하기 쉽지 않도록 말이다.

계속되는 샌더스의 도발을 참아내며 한정훈은 이만호의 요구대로 공을 던졌다.

퍼어엉!

미트의 울림이 요란스럽게도 울렸다.

"스트라이크."

그러나 무미건조한 심판의 스트라이크 콜은 불쾌하기 짝이 없었다.

이만호는 샌더스를 의식해 바깥쪽 승부를 이어갔다.

3구는 종으로 떨어지는 체인지업을 요구했다.

샌더스의 방망이가 처음으로 나왔지만 방망이 밑동을 스친 타구가 포수 프로텍터를 맞고 뒤로 빠졌다.

4구는 바깥쪽에 살짝 빠지는 패스트볼 사인을 냈다. 하지만 샌더스는 볼이라는 걸 확신했는지 꼼짝도 하지 않았다.

'보는 눈이 좋네. 아무 공이나 치진 않는 거 같고.'

이만호가 묵묵히 고개를 끄덕였다.

볼카운트는 2-2.

이 타이밍에 더 이상의 유인구는 무의미해 보였다.

'승부하자.'

이만호의 미트가 샌더스의 몸 쪽으로 향했다. 그것을 느낀 것일까.

한정훈을 바라보며 샌더스가 한껏 입가를 비틀어 올렸다.

'저 자식이!'

순간 한정훈의 마음에 불길이 치솟았다. 하지만 이미 키킹을 한 상황이라 투구를 멈출 수가 없었다.

"크아악!"

한정훈은 악을 내지르며 있는 힘껏 공을 던졌다.

후아앗!

본래라면 몸 쪽 코스를 낮게 파고들어야 했던 공이 가운데로 몰려 들어가 버렸다.

그와 동시에 샌더스의 방망이가 나왔다.

바로 이 순간을 기다렸다는 듯 그의 얼굴에는 자신감이 가득 차 있었다.

하지만 방망이를 타고 울리는 타구음은 그의 예상처럼 시원시원하지가 않았다.

따악!

공의 윗동을 때린 것 같은 소리가 샌더스의 귓가에 울렸다.

'젠장!'

샌더스가 이를 악물며 타구를 쫓았다.

총알처럼 3루수 옆을 빠져나간 타구가 외야 파울 라인 쪽으로 굴러가고 있었다.

'내가 늦다니!'

샌더스는 순간 짜증이 치밀었다.

몸 쪽으로 꽉 차게 들어왔던 공도 아니고 한가운데로 몰린 공에 제대로 대응하지 못했다는 건 자존심이 상할 노릇이었다. 그런데 3루 선심의 사인이 샌더스를 더욱 짜증스럽게 만들었다.

'젠장! 뭐하자는 거야?'

사인을 확인한 샌더스가 1루를 향해 내달렸다. 그렇게 경기가 또다시 이상해지기 시작했다.

5

—4구째는 그대로 지켜봅니다. 볼카운트 투 스트라이크 투 볼.

—샌더스 선수, 공 잘 보네요.

—4구 연속 바깥쪽이었으니까 하나 정도는 몸 쪽에 붙여야

할 타이밍인데요. 어떻게 보십니까?

　―한정훈 선수가 언제 승부를 거느냐에 따라 다르겠죠. 풀 카운트까지 끌고 갈 생각이라면 몸 쪽 승부를 어렵게 가져가 도 되고요. 여기서 승부를 보겠다면 타자의 방망이가 나올 만한 공을 던져야겠죠.

　―말씀드리는 순간 한정훈 선수, 5구 투구합니다.

　따각!

　―이런! 다행이 파울이 나왔지만 이번 공은 한가운데로 몰 린 공이었어요. 어지간해서는 실투를 하지 않는 한정훈 선수 가 이런 공을 던지…… 뭐, 뭐야?

　―이, 이게 어떻게 된 일입니까! 3루심이 페어를 선언했습 니다. 1루에 있던 이브라임! 2루를 돌아 3루까지 내달립니다.

　―허……!

　―우익수 김인하 선수! 재빨리 공을 잡고 송구합니다만……. 아아, 늦었습니다. 이브라임 선수, 홈을 밟습니다.

　―이런 미친……!

　어처구니없는 얼굴로 경기를 지켜보던 강선우의 입에서 또다시 욕지거리가 터져 나왔다.

3루수 옆을 빠져나가기 직전 타구는 분명 파울 라인 밖에서 바운드가 됐다.

게다가 오른손 타자가 잡아당긴 타구다.

3루 파울 라인 밖으로 휘어 나갈 수는 있어도 그 안쪽으로 들어오기란 불가능에 가까웠다.

그런데 페어라니!

―진짜 못 해먹겠네요.

강선우가 짜증스럽게 몸을 일으켰다. 방송 사고였지만 중계팀 중 누구도 강선우를 만류하지 못했다.

6

0이어야 할 전광판의 숫자가 1로 바뀌었다.

"하…… 진짜, 시팔."

한정훈의 입에서 절로 욕지거리가 튀어 나왔다.

그 모습이 중계 카메라에 고스란히 잡혔지만 불만스러운 표정은 쉽게 누그러지지 않았다.

그런 한정훈의 감정이 전파를 타고 전 세계에 송출됐다.

"뭐야? 방금 파울 아니었어?"

"파울이지. 저게 어떻게 페어야?"

"그래도 모르잖아. 페어일지도."

"와, 시팔. 야, 넌 야구 보지 마."

"왜 나한테 성질이야?"

"됐으니까 넌 저쪽에 찌그러져 있어."

경기를 지켜보던 시청자들은 대부분 한정훈처럼 공분했다.

물론 일부는 페어일지도 모른다며 신중론을 펼쳤지만 야구 좀 본 사람들이라면 조금 전 판정이 얼마나 어처구니없는지 누구보다 잘 알고 있었다.

박찬오도 흥분을 참지 못하고 더그아웃을 박차고 나왔다.

이미 1차 경고를 받은 상황이었지만 한국 대표팀 감독이기 이전에 야구인의 한 사람으로서 더 이상은 참기 어려웠다.

"이게 어떻게 페어입니까?"

박찬오가 첫 바운드 된 지점을 가리키며 말했다.

파울 라인 옆쪽에 선명하게 패인 흔적은 타구가 파울이라고 소리치고 있었다.

그러나 캐나다 3루심은 단호하게 고개를 흔들었다.

"그거 아닙니다."

"아니긴 뭐가 아니에요? 내가 더그아웃에서 봤는데!"

"그럼 당신이 심판 하던지."

"뭐라고요?"

"타구는 분명 아슬아슬하게 파울 라인을 맞았습니다. 그리고 베이스 위를 스쳐 지났고요."

"베이스 위를 스쳐 지났다고요?"

박찬오가 순간 헛웃음을 흘렸다. 파울 라인을 맞았다는 것도 어처구니가 없는데 베이스 위를 지났다니.

대체 어떤 각도로 봐야 타구가 그렇게 보이는지 궁금해질 지경이었다. 그러자 잠자코 지켜보고 있던 캐나다 구심이 박찬오에게 다가왔다.

"자꾸 이러면 퇴장시킵니다."

"뭐라고요?"

"판정도 경기의 일부입니다. 모릅니까?"

"허……!"

"2차 경고입니다. 들어가세요."

캐나다 구심이 3루 측 더그아웃을 향해 손가락을 가리켰다.

"좋습니다. 단, 이번 일은 그냥 넘어가지 않겠습니다."

박찬오도 얼굴을 굳혔다.

심판 판정도 경기의 일부라고는 하지만 이런 식의 말도 안되는 판정은 받아들일 수가 없었다.

그러나 캐나다 구심은 눈 하나 까딱하지 않았다.

"마음대로 하세요."

"……?"

"주최 측에 항의를 하든 캐나다 심판 협회에 따지든 알아서 하란 말입니다."

캐나다 구심이 휙 하고 몸을 돌렸다.

그제야 박찬오는 감정적으로 대응할 일이 아니라는 사실을 깨달았다.

캐나다 심판들은…… 작심을 하고 있었다.

그리고 이들의 뒤에는 든든한 누군가가 버티고 있을 게 뻔했다. 이런 상황에서 감독인 자신이 할 수 있는 최선은 선수들이 동요하지 않도록 다독이며 팀을 승리로 이끄는 것이다.

"후우……."

무겁게 한숨을 내쉬며 박찬오가 한정훈 쪽으로 다가갔다.

기왕 더그아웃을 나왔으니 한정훈에게 위로의 말이라도 건네줘야 할 것 같았다.

하지만 그것도 잠시.

한정훈의 이글이글 타오르는 눈빛을 보고는 피식 웃고 말았다. 지금 누구보다 열이 받아 있는 건 한정훈일 것이다. 그런데도 한정훈은 이를 악물고 참고 있었다. 마치 모든 걸 자신의 공으로 응징하겠다며 거칠게 로진 백을 매만지고 있었다.

이 상황에서 한정훈을 달래는 건 쓸데없는 짓 같았다.

'좋아. 정훈아, 뒤는 내가 책임지마. 그러니까 오늘 경기는…… 네 맘대로 해라.'

박찬오가 독한 마음으로 몸을 돌렸다.

그런 박찬오를 향해 미국 측 관중들이 겁도 없이 야유를 퍼부어 댔다.

7

박찬오가 심판과 실랑이를 벌일 무렵.

"닥치고 기다려 봐. 이제 곧 리플레이 나올 테니까."

시청자들은 리플레이 영상을 기다렸다.

그러나 박찬오가 항의를 마치고 내려갈 때까지 중계 화면은 달라지지 않았다.

"아 진짜! 리플레이 왜 안 나와? SBC는 방송을 하는 거야 마는 거야?"

"갑자기 SBC가 왜 나와? 캐나다에서 방송하잖아!"

"시팔! 그럼 캐나다는 야구 안 해? 왜 방송을 저따위로 하는 거야?"

"야, 아마 야구잖아. 기대할 걸 기대해라."

"설마 이대로 넘어가려는 거 아냐?"

시청자들이 불안해하는 만큼이나 중계진도 불안하긴 마찬가지였다.

이 상황에서 리플레이 화면이 늦게 나온다는 건 영상을 송출하는 캐나다 방송사 역시 사태의 심각성을 인지했다는 소리나 마찬가지였다.

－현지 방송 사정상 리플레이가 늦는 점 양해 바랍니다.

캐스터가 능숙하게 상황을 진정시켰다. 그러자 한참 동안 말없이 씩씩대던 강선우가 입을 열었다.

－강명제 캐스터는 어떻게 생각하세요?
－조금 전 타구 말씀이신가요?
－네, 저는 아무래도 한국에 돌아가서 안경을 써야 할 것 같거든요.

강선우가 대놓고 비아냥거렸다. 그러자 옆에 앉아 있던 강명제가 웃음을 터뜨렸다.

－왜 웃으세요? 저는 심각한데.
－아, 네. 미안합니다. 하지만 강선우 위원은 지금도 안경 쓰시지 않습니까.
－아……. 생각해 보니 그러네요. 제가 근시가 좀 있어서.
－하지만 한국에 가서서 굳이 시력 검사를 받을 필요는 없

을 것 같습니다.

　－그럼 제 눈만 이상한 게 아니군요.

　－그럴 리가요. 전지훈련 가면 멀리서도 선수들 얼굴을 척
척 알아맞히시지 않습니까?

　－그럼 대체 뭐가 문제일까요?

　－캐스터로서 할 말은 아니겠지만…… 출국 전에 캐나다 심
판들에게 안경을 선물해 주고 싶은 생각이 강하게 들었습니다.

　중계진은 돌아가며 캐나다 심판들을 잘근잘근 씹어댔다.

　그러는 사이 한정훈은 5번 타자를 3구 삼진으로 잡아내고
마운드에서 내려왔다.

　－역시 한정훈 선수. 흔들림이 없죠.

　－한일 고교야구 대항전 생각나네요. 이쿠에이고등학교와
의 경기였었죠? 그때도 주심이 스트라이크존으로 장난을 쳤
는데…….

　－아, 네. 저도 기억납니다, 그 경기. 한정훈 선수가 3타자
를 연속 삼구 삼진으로 잡아냈죠.

　－그때 구속이 162㎞/h인가 나왔을 겁니다. 와인드업 포지
션으로 던져서요.

　－그런데 이번에는 세트 포지션으로 마무리 짓네요.

-와인드업 포지션으로 던질 가치조차 없다는 소리겠지요.

-아, 현지에서 이제야 리플레이 화면을 송출하고 있습니다. 함께 보시죠.

뒤늦게 떠오른 리플레이 화면의 각도는 묘했다.

가까이서 촬영한 화면이 있을 텐데 굳이 1루 측 앵글을 사용해 심판 판정을 두둔하는 듯한 인상을 심어 주었다.

물론 1루 측 앵글로 촬영된 화면에서조차 타구는 페어보다는 파울에 가까웠다.

-참……. 눈 가리고 아웅 하는 것도 아니고 이게 뭘까요.

강명제가 헛웃음을 흘렸다.

이래 봐야 자국 망신일 텐데 캐나다 심판들을 옹호하려는 방송사의 태도를 이해하기 어려웠다.

-자기들도 창피한 줄은 아는 거겠죠.

강선우는 대놓고 코웃음을 쳤다.

-그런데 설마 이대로 이 판정이 묻혀 버리지는 않겠죠?

강명제가 걱정하듯 말했다.

캐나다 심판이 이런 엄청난 오심을 연발하고 있는데 이 문제를 대충 넘긴다면 정말 화가 날 것 같았다.

그러자 강선우가 재미난 말을 중얼거렸다.

─현장에 모인 기자가 한두 명이 아니니까 아마 오심은 전부 잡아냈을 겁니다.

─그렇겠죠?

─하지만 그 오심들이 크게 주목을 받을 것 같지는 않습니다.

─……예?

─우리 한정훈 선수, 열이 단단히 받았을 테니까요.

강선우의 시선이 전광판 쪽으로 향했다.

지금은 사라져 버렸지만 5번 타자를 삼진 잡았을 때 던졌던 패스트볼의 구속은 자그마치 98mile/h이었다.

시속으로 환산하면 158㎞/h.

참고로 한정훈이 쿠바전에서 던진 최고 구속은 96mile/h이었다.

96mile/h과 98mile/h은 시속으로 따지면 3㎞/h 정도 차이에 불과했다.

그러나 강속구의 영역에서 3㎞/h 차이는 어마어마했다.

140㎞/h대 초반의 패스트볼을 던지는 투수가 140㎞/h 후반대로 구속을 끌어올리는 건 쉬워도 155㎞/h를 던지는 투수가 158㎞/h을 던지는 건 무척이나 어려운 일이었다.

물론 제구라는 한계에서 벗어나면 구속이 더 빨라지기도 했다. 하지만 한정훈의 마지막 공은 안쪽 꽉 차는 스트라이크였다.

5번 타자가 감히 방망이를 내밀 엄두조차 내지 못할 만큼 빠르고 완벽한 공이었다.

바깥쪽 공도 아니고 몸 쪽 공이다. 그것도 스트라이크를 잡은 공이 98mile/h이다.

'너희들, 사람 잘못 건드린 거 같다.'

강선우가 씩 웃었다.

청룡기를 통째로 날리고 체력 훈련에 매진한다는 이야기를 들었을 때는 미쳤다 싶었는데 왠지 신의 한 수였을지 모른다는 생각이 자꾸 들었다.

그런 강선우의 예상은 적중했다.

다시 마운드에 오른 한정훈이 포심 패스트볼 위주로 미국 대표팀 타자들을 힘으로 찍어 누르기 시작한 것이다.

퍼엉! 퍼엉!

한정훈의 공이 미트에 꽂힐 때마다 미국 대표팀 타자들은 움찔움찔 놀라댔다.

마치 사생 결단을 낼 것처럼 살벌하게 공을 던져 대는데 그 기세를 당해내기가 쉽지 않았다.

오랜만에 스위치가 켜진 한정훈은 스트라이크존 양 코너를 오가며 타자들을 농락하던 특유의 피칭을 버렸다. 그렇다고 한일 고교야구 대항전 때처럼 와인드업 포지션을 꺼내지 않았다.

이쿠에이고등학교전에서 한정훈이 와인드업 자세로 피칭을 한 건 쇼타라는 만만찮은 상대가 마운드 위에서 버티고 있었기 때문이다.

심판의 편파 판정도 짜증 났지만 쇼타의 기세를 꺾기 위해 일부러 무리를 한 것이었다. 하지만 오늘 미국이 내세운 선발 캐리 게일은 쇼타만큼 강한 상대가 아니었다.

아니, 쇼타와 비교한다는 게 미안할 정도의 투수였다.

반면 오늘 경기의 심판은 이쿠에이고등학교전 심판보다 강했다. 대체 뭘 믿고 이런 짓을 저지르는지 이해가 가지 않을 정도였다.

마운드 위에 선 투수가 상대 투수도, 타자도 아닌 심판과 싸우는 방법은 한 가지밖에 없었다.

심판이 판정으로 장난치지 못하도록 만드는 것이다.

그래서 한정훈은 스트라이크 판정으로 장난치지 못하도록 거의 모든 공을 스트라이크존 안에 꽂아 넣었다.

그것으로도 모자라 대부분의 공을 패스트볼로 던졌다.

실로 단순하다 못해 무모한 투구였지만 미국 타자들은 맥을 추지 못했다. 그만큼 한정훈의 공이 좋았다. 구속도 좋았지만 무브먼트가 엄청났다.

포구 능력만큼은 박기완을 뛰어넘었다는 평가를 받는 이만호도 몇 번이고 한정훈의 공을 떨어뜨려야 했다.

6번 타자 아담 라이트는 4구만에 헛스윙 삼진 아웃.

7번 타자 벤 존슨은 2구를 쳐 3루 파울 플라이 아웃.

8번 타자 케인 마우어는 3구 삼진.

9번 타자 브랜든 페리는 3구째 1루 파울 플라이 아웃.

1번 타자 제임스 카일런은 5구째 파울 팁 삼진 아웃.

2번 타자 셰인 롤링스는 4구째 헛스윙 삼진 아웃.

2회와 3회.

한정훈은 4개의 탈삼진을 뽑아내며 미국 대표팀 타선을 잠재웠다.

미국 대표팀 선발 캐리 게일도 야수들과 심판의 도움 속에 9타자 연속 범타에 성공했다.

탈삼진은 없었지만 캐나다 구심의 두서없는 스트라이크존에 한국 대표팀 타자들도 좀처럼 적응을 하지 못했다.

그리고 시작된 4회 초 미국의 공격.

3번 타자 존 이브라임부터 타순이 시작됐다.

타석에 들어서기 전 이브라임은 보란 듯이 왼손을 주물렀다. 마치 조금 전 한정훈의 투구에 맞은 부위가 아프기라도 한 것처럼 말이다.

그러나 한정훈은 싸늘하게 코웃음을 날리고 말았다. 저런 얕은수에 또 당해줄 만큼 한정훈은 너그럽지 않았다.

첫 타석 때처럼 이브라임이 홈 플레이트에 바짝 붙어 서자 이만호가 바깥쪽 사인을 냈다.

하지만 한정훈은 단호하게 고개를 흔들었다. 두 번째, 세 번째 사인도 마찬가지였다.

이만호가 바깥쪽 사인만 내면 더 보지도 않고 거절했다.

'설마 너……!'

이만호가 혹시나 하는 마음에 이브라임의 몸 쪽으로 미트를 붙였다. 그 순간, 한정훈의 입가를 타고 만족스러운 웃음이 번졌다.

'하……! 그러면 그렇지. 오늘은 조용하다 했다.'

이만호는 슬쩍 한국 측 더그아웃을 바라봤다.

복수심에 불타오르는 한정훈의 심정을 모르는 바는 아니지만 공은 공이고 사는 사였다.

투수가 감정적으로 굴 때 말리는 게 포수의 임무이기도 했다. 그러나 김성하 배터리 코치는 상관없다며 양 손바닥을 내밀었다.

설사 오늘 경기에서 패배한다 하더라도 끝까지 한정훈을 믿고 맡겨 보자.

이것이 박찬오가 주문한 내용이었다. 김성하 역시 박찬오의 판단에 전적으로 동의하고 있었다.

'젠장, 나도 모르겠다.'

믿었던 더그아웃조차 방관하자 이만호는 눈 딱 감고 몸 쪽 패스트볼 사인을 냈다.

사인을 확인한 한정훈이 씩 웃었다.

그리고는 스트라이크존 위쪽에서 건들거리는 이브라임의 팔꿈치를 향해 있는 힘껏 공을 던졌다.

후아아앗!

눈 깜짝할 사이에 날아든 공이 정확하게 이브라임의 봄으로 날아들었다. 순간 빈볼임을 직감한 이브라임이 괴성을 내지르며 엉덩방아를 찧었다.

퍼어엉!

스트라이크존보다 살짝 높게 들어 온 공이 포수 미트에 박혔다. 그 위력이 어찌나 세던지 이만호조차 뒤로 밀려날 정도였다.

"저 자식이!"

자리에서 일어난 이브라임이 한정훈을 향해 방망이를 내던졌다. 한정훈이 명백하게 자신을 노리고 공을 던졌다고 확신한 것이다. 자연스럽게 미국 대표팀 선수들이 더그아웃에서 몸을 일으켰다.

한정훈과 이브라임이 충돌한다면 그대로 운동장으로 몰려나갈 기세였다. 이브라임이 마운드로 다가오자 한국 대표팀 내야수들도 움직였다.

"이 쉐키가, 뒤질라고!"

특히나 한정훈과 부쩍 친해진 1루수 황철민(경복고등학교 3학년)은 흉기처럼 오른손으로 미트를 움켜쥐기까지 했다.

그러나 한정훈은 우르르 몰려다니는 벤치 클리어링을 썩 좋아하지 않았다.

게다가 지금 공은 스트라이크존을 살짝 벗어난 볼이다.

공이 빠진 것도 아니고 배터 박스로 들어간 것도 아닌데 흥분한다는 건 정말 빈볼을 던졌다고 인정하는 꼴밖에 되지 않았다.

"형들! 됐어요. 내가 알아서 할게요."

한정훈이 흥분한 내야수들을 진정시켰다.

그리고 어정쩡한 위치에 서 있는 이브라임에게 웃으며 다가갔다.

"너 뭐야! 시팔! 왜 나한테 그런 공을 던진 거야! 이 원숭이 새끼야!"

자신보다 키가 큰 한정훈이 다가오자 이브라임이 영어로 지껄여 댔다.

그 속에 인종차별적인 멘트가 다수 섞여 있었지만 캐나다 구심은 조금도 제지하지 않았다.

한정훈도 흥분한 이브라임을 굳이 말리지 않았다.

솔직히 말해 이브라임이 조금만 늦게 주저앉았다면?

정말 팔꿈치에 맞았을지 몰랐다.

하지만 결과적으로 아무 일도 일어나지 않았다.

이브라임이 피하지 못해 맞았다면 한정훈도 조금은 양심의 가책을 느꼈겠지만, 이브라임은 피했고 공은 포수 미트 속에 들어 있었다.

"닥치고 들어가, 새끼야. 아주 피똥을 싸게 해줄 테니까."

이브라임의 코앞까지 다가 온 한정훈이 낮은 목소리로 으르렁거렸다.

그 말을 알아듣기라도 한 것일까.

"여, 엿 먹어!"

이브라임의 목소리가 파르르 떨렸다.

22장
되로 줬으니 말로 받아가야지?

1

세계 청소년 야구 선수권 대회에 출전할 미국 대표팀 감독으로 제임스 카넬라 감독이 선임됐을 때 상당수의 미국 언론은 우려의 목소리를 내놓았다.

여러 학교를 전전하며 일곱 번의 우승을 일궈냈지만 제임스 카넬라를 명장이라 부르는 이는 많지 않았다.

그보다는 비열한 감독이라는 평이 더 많았다.

승리를 위해서라면 수단과 방법을 가리지 않는 야구 스타일 때문이었다.

특히나 제임스 카넬라가 첫 번째 우승 트로피를 들어 올렸을 때 했던 말은 아직까지도 논란으로 남아 있었다.

누가 야구를 신사적인 스포츠라고 하는가? 이 세상에 신사적인 스포츠란 없다. 스포츠는 이기는 게 전부다.

스포츠의 목적은 승리라는 제임스 카넬라의 노골적인 표현은 수많은 야구 지도자의 반감을 샀다.

그가 주장하는 승리가 정정당당한 경쟁을 통한 승리였다면 또 모르겠지만 애석하게도 그는 페어플레이란 단어 자체를 모르는 인간이었다.

그러나 4회 연속 우승을 노리는 미국 대표팀은 제임스 카넬라를 고집했다. 바로 그 수단과 방법을 가리지 않고 이기려는 자세가 마음에 든다는 이유에서였다.

세계 청소년 야구 선수권 대회는 아마추어 야구계의 큰 축제다. 하지만 미국은 아직까지 이 대회의 주역이 되지 못했다. 최다 우승국도, 최다 연속 우승국도 모두 쿠바의 차지였기 때문이다.

최근 3회 연속 우승을 일궈내기 전까지 미국과 쿠바의 우승 횟수는 두 배 차이였다.

쿠바는 2004년에 열린 21회 대회 이후 무려 6번의 대회에서 우승은커녕 결승전에도 진출하지 못했다.

하지만 21회 대회 이전까지 무려 11번의 우승을 차지하며 세계 청소년 야구 선수권 대회의 왕좌를 지키고 있었다.

반면 미국은 21회 대회 이전까지 5번 우승에 그쳤다.

25회, 26회, 27회 대회에서 연속 우승을 한 덕분에 우승 횟수를 8번으로 늘렸지만 여전히 쿠바와는 3회나 뒤처지는 상황이었다.

당장 우승 횟수를 뒤엎기란 불가능한 일이었다.

그러나 적어도 쿠바가 가지고 있는 최다 연승 우승 기록에는 얼마든지 도전이 가능했다.

이번 대회에서 우승하고 다음 대회까지 우승을 차지한다면?

10회 우승으로 쿠바를 턱 밑까지 추격하는 건 물론 전무후무한 5회 연속 우승의 금자탑을 세우게 될 터였다.

우승 이외의 성적은 바라지 않는다는 미국 대표팀의 요구에 대다수 야구 지도자가 감독직을 거절했다.

대표팀 감독 자리는 독이 든 성배였다.

거기에 우승까지 강요받는다면 그 부담감은 이루 헤아릴 수 없을 정도였다. 그러나 제임스 카넬라는 한 명의 대표팀 승선을 조건으로 감독직을 받아들였다.

바로 그 한 명이 존 이브라임.

선수로서 대단한 커리어는 없지만 카넬라 감독의 지시라

면 죽는 시늉까지 하는 충성스러운 신하였다.

카넬라 감독은 상대의 평정심을 무너뜨려야 하는 순간마다 이브라임을 출전시켰다.

일본전과 멕시코전에서 이브라임은 독특한 타격 자세로 상대 투수들을 자멸하도록 만들었다.

빠른 공을 가지고도 과감하게 몸 쪽 승부를 펼치지 못하는 대부분의 나약한 투수에게 이브라임은 천적이나 마찬가지였다.

한국전을 앞두고 카넬라 감독은 이브라임을 아예 선발로 출전시키겠다는 계획을 세웠다.

목표는 한정훈.

이번 대회 반짝 떠오르는 한국의 에이스를 영원히 침몰시켜 버릴 생각이었다.

단순히 1승 때문이 아니었다. 미국 대표팀 감독으로서 한국에 갚아줄 빚이 많기 때문이었다.

한국이 우승한 5번의 대회에서 그들의 희생양이 된 건 공교롭게도 전부 미국이었다.

만약 미국이 그 5번의 대회에서 한국을 누르고 우승했다면, 지금쯤 쿠바를 제치고 세계 청소년 야구 선수권 대회의 왕좌를 차지했을 터였다.

물론 결승에만 오르면 어떻게든 우승을 이뤄내는 한국은

결코 만만한 상대가 아니었다.

하지만 승리 지상 주의자임과 동시에 지독한 백인 우월 주의자인 카넬라 감독은 한국전에서 패배할 마음이 눈곱만큼도 없었다.

오히려 이번 기회를 통해 한국의 상승세를 확실히 꺾어놓기로 작정을 했다.

"어떻게든 출루해서 상대 투수를 흔들어 놔라."

첫 타석에서 이브라임은 카넬라 감독의 주문에 120퍼센트 부응했다.

몸에 맞는 공으로 출루.

그리고 선취 득점.

덕분에 쿠바 대표팀을 침몰시킨 한정훈을 상대로 1 대 0으로 리드를 가져갈 수 있었다.

하지만 한정훈도 만만치 않았다.

2회와 3회, 바짝 구위를 끌어올리며 공격적인 피칭을 이어 나갔다.

이대로 무너지지 않겠다는 듯이 말이다.

결국 카넬라 감독은 더 독한 작전을 꺼내 들었다.

"벤치 클리어링을 유도해라."

"벤치 클리어링이요?"

"그래. 또다시 맞던지, 아니면 보복 투구를 당한 것처럼 굴어 봐라. 그 정도는 할 수 있지?"

"네, 감독님."

이브라임은 첫 타석 때보다 홈 플레이트에 상체를 더 기울였다.

목적은 몸에 맞는 게 아니라 한정훈의 빈볼을 유도하는 것인 만큼 더욱 자극적으로 움직였다.

그리고 예상대로 한정훈이 빈볼성 공을 던졌다.

코스는 어정쩡했지만 조금 전 보였던 한정훈의 표정이 그것을 증명해 주고 있었다.

'그런데 다들 안 뛰어 나오고 뭘 하는 거야?'

이브라임이 고개를 돌려 1루 측 더그아웃을 바라봤다.

지금쯤 운동장 안쪽으로 밀고 들어왔어야 할 선수 대부분이 더그아웃에서 멀뚱히 이쪽만 바라보고 있었다.

'저런 멍청한 자식들!'

이브라임은 질근 입술을 깨물었다.

벤치 클리어링도 타이밍인데 경험이 부족한 선수들이 그걸 놓쳐 버리고 말았다. 게다가 한정훈을 폭력적으로 만들겠다는 작전도 수포로 돌아갔다. 한정훈을 자극하기 위해 이브라임은 일부러 원숭이라는 인종 차별적인 단어를 내뱉었다.

정확하게 한국인지 일본인지 기억은 나지 않지만 어쨌든 동양인들은 원숭이라는 표현을 극도로 싫어한다고 알고 있었다.

하지만 수도 없이 원숭이라 부르짖어도 한정훈은 눈 하나 까딱하지 않았다. 잠시 죽일 듯 노려보며 한국말로 욕설을 지껄인 것 같았지만 정작 선을 넘지는 않았다. 오히려 잠깐 정신이 팔린 사이, 언제 그랬냐는 것처럼 사람 좋은 얼굴로 변해 있었다.

"너 괜찮아?"

한정훈이 이브라임을 향해 크게 소리쳤다. 그것도 손가락이 오그라들 만치 투박한 영어로 말이다.

발음은 콩글리시에 가까웠지만 전달력은 기대 이상으로 좋았다.

캐나다 구심은 물론 저만치서 카메라를 들고 있던 기자들까지 한정훈이 무슨 말을 했는지 정확하게 알아들어버린 것이다.

"뭐라는 거야! 이 원숭이 새끼야!"

갑작스런 한정훈의 수작질에 이브라임이 발끈하며 소리쳤다. 하지만 차마 손을 뻗어 한정훈의 멱살을 잡지 못했다. 아니, 멱살을 잡기에는 이미 늦어버렸다.

게다가 한정훈이 먼저 사과하는 것 같은 제스처까지 보이고 있었다.

이런 상황에서 무리해서 일을 키워봐야 자신에게 득이 될 건 하나도 없을 것 같았다.

"두고 보자, 원숭이!"

끝까지 인종차별적인 발언을 내뱉으며 이브라임이 차갑게 몸을 돌렸다. 그런 이브라임의 엉덩이를 다시 한 번 힘차게 때려준 뒤 한정훈은 아무 일도 없었다는 것처럼 마운드로 돌아왔다.

"빌어먹을! 빌어먹을! 빌어먹을!"

타석에 들어온 이브라임은 연신 욕지거리를 내뱉었다.

캐나다 구심이 못마땅한 눈으로 바라봤지만 이브라임의 흥분은 좀처럼 가라앉지 않았다. 그러면서도 이브라임은 또다시 슬그머니 홈 플레이트 쪽으로 몸을 기울였다.

한정훈을 자극해서 어떻게든 벤치 클리어링을 유도하라는 카넬라 감독의 주문은 아직 유효했기 때문이다.

'이건 용감한 거야 아니면…… 미친 거야?'

잠시 눈가를 찌푸리던 이만호가 이브라임의 몸 쪽으로 다시 미트를 가져다 댔다.

한정훈은 이번에도 기다렸다는 듯이 고개를 끄덕였다.

'고맙다. 또 덤벼 줘서.'

있는 힘껏 키킹을 하는 한정훈의 입가를 타고 잔인한 웃음이 번졌다.

고작 몸 쪽에 붙인 공 하나에 겁을 먹고 몸을 사리면 어쩌나 진심으로 걱정했는데 천만다행(?)이었다.

좌라라락!

있는 힘껏 스트라이드를 한 뒤 한정훈은 릴리스 포인트를 최대한 앞쪽으로 끌고 나왔다. 그러자 손가락 끝을 빠져나간 공이 마치 탄환처럼 튕겨져 나갔다.

후아앙!

쏜살같이 날아간 포심 패스트볼은 정확하게 이만호의 미트를 향해 있었다.

그러나 초구의 잔상이 남아 있던 이브라임의 눈에는 또다시 팔꿈치를 노리고 들어오는 것처럼 보였다.

"크악!"

이브라임이 비명을 내지르며 엉덩방아를 찧었다. 그리고 매서운 눈으로 한정훈을 노려봤다.

그러자 한정훈이 기다렸다는 듯이 입가를 비틀어 올렸다.

"저 자식이!"

이브라임이 방망이를 내던지고 마운드로 내달렸다. 아니, 정확하게는 내달리려 했다.

하지만 다소 늦게 이루어진 캐나다 심판의 콜에 이브라임의 발이 굳어버리고 말았다.

"스, 스트라이크."

"……뭐?"

이브라임이 신경질적으로 고개를 돌렸다. 그러다 이만호의 포구 위치를 보고는 입을 쩍 하고 벌렸다.

몸 쪽 스트라이크였다.

캐나다 심판조차 스트라이크를 인정할 수밖에 없는 코스였다.

'이, 이건 말도 안 돼!'

이브라임이 빠득 이를 깨물었다.

스트라이크라니. 조금 전 그 공이 스트라이크라니. 분명 초구보다 더 위협적인 빈볼이었는데 스트라이크 코스라니!

"프레이밍이잖아! 분명 이 자식들이 날 맞추려고 했다고!"

이브라임은 이만호가 미트질로 심판의 눈을 속인 것이라고 확신했다. 그렇지 않고서야 빈볼성 공이 스트라이크로 둔갑할 리가 없다고 여겼다.

하지만 느린 변화구도 아니고 98mile/h의 구속을 뽐내는, 그것도 라이징성 패스트볼을 프레이밍 할 만큼 이만호의 포구 능력이 뛰어난 건 아니었다.

"스트라이크다. 헛소리 하지 마라."

캐나다 구심이 단호한 목소리로 말했다.

초반에 미국이 리드할 수 있도록 도움을 주라는 지시를 받은 탓에 지금껏 별말 하지 않았지만 아무리 그래도 스트라이크 존으로 날아드는 공을 빈볼로 인정할 수는 없는 노릇이었다.

"스트라이크라고? 말도 안 돼!"

이브라임이 이번에는 1루 쪽 더그아웃을 바라봤다. 하지만 미국 대표팀 더그아웃은 조용했다.

심지어 카넬라 감독조차 굳은 얼굴을 하고 있었다.

"계속 말도 안 되는 이유로 시간을 끌면 경고를 주겠다."

캐나다 구심이 최후통첩을 날렸다.

초구에 몸에 맞을 뻔했으면서도 2구째 다시 투수를 자극한 이상 더는 이브라임의 편을 들어주고 싶지 않았다.

"빌어먹을! 빌어먹을!"

입술을 질근 깨물며 이브라임은 어쩔 수 없이 타석에 들어섰다. 하지만 초구와 2구째의 잔상 때문일까. 이번에는 감히 홈 플레이트 쪽으로 몸을 기울이지 못했다.

그러나 아직 성이 덜 풀린 한정훈은 이브라임의 몸 쪽을 계속해서 공략했다.

3구는 몸 쪽 높은 볼.

4구는 몸 쪽 꽉 찬 스트라이크.

5구는 몸 쪽 깊숙한 볼.

스트라이크와 볼을 교묘하게 오가며 이브라임을 끝까지 몰아붙였다.

한정훈의 공이 날아들 때마다 이브라임은 제풀에 놀라 엉덩방아를 찧었다. 그리고 본능적으로 조금씩 홈 플레이트에서 몸을 밀쳐 냈다.

그렇게 2-3 풀카운트가 되었을 때 이브라임은 타자들의 일반적인 타격 위치보다 더 뒤로 물러선 채로 방망이를 들고 있었다.

'이 정도면 충분하잖아? 그러니까 여기까지만 하자.'

하얗게 질린 이브라임의 얼굴을 바라보며 이만호가 미트를 바깥쪽으로 옮겼다.

풀카운트에서 이브라임을 응징하겠다고 너무 꽉 찬 공을 던졌다가 캐나다 구심이 볼을 선언할지도 몰랐다.

처음에는 미간을 찌푸리던 한정훈도 이만호의 손가락을 확인하고는 피식 웃어 보였다.

'가끔 보면 마누라, 넌 나보다 더하는 거 같아.'

한정훈이 이브라임을 노려보며 키킹을 시작했다.

그러자 이브라임이 지레 겁을 먹고는 타석 밖으로 도망치듯 몸을 빼냈다.

그러나 정작 한정훈이 던진 공은 너울거리며 포수 미트 속으로 빨려 들어갔다.

너클 커브.

"스트라이크, 아웃!"

캐나다 구심이 기다렸다는 듯이 삼진을 선언했다.

2

"뭐야? 저 녀석. 대체 뭘 한 거야?"

"아까부터 이상하더라니. 약이라도 한 거야?"

추가 득점을 기대했던 미국 관중들의 입에서 불평불만이 쏟아져 나왔다.

풀 카운트 접전이라 잘만 하면 볼넷을 얻을 수 있었는데 이브라임이 멍청하게 죽어버렸으니 화를 내는 것도 무리는 아니었다.

"조금 전에 타임을 부르고 빠진 거 아니었어?"

"그랬으면 심판이 받아줬겠지."

"진짜 멍청하다니까. 이래서 난 이상한 폼을 가진 녀석들이 싫어."

"마지막 공은 느린 커브였잖아. 최소한 커트라도 해서 살아 나갔더라도 샌더스에게 또다시 기회를 줄 수 있었다고!"

미국 관중들은 이브라임이 살아 나가기만 한다면 1회처럼 득점이 만들어질 것이라는 기대를 쉽게 저버리지 못했다.

그러나 메이저리그 스카우터들의 판단은 달랐다.

"이브라임 교체되겠지?"

"이미 한정훈에게 겁을 먹었으니까."

"카넬라 감독, 벌써 밑천이 떨어진 거야?"

"밑천이 떨어졌다기보다는…… 저 녀석이 너무 강한 거라고."

1회 초, 한정훈이 샌더스에게 2루타를 허용하고 선취점을 내줬을 때까지만 하더라도 메이저리그 스카우터들은 재미난 볼거리라도 생긴 것처럼 즐거워했다.

지금껏 한정훈은 공식 경기에서 실점한 적이 단 한 번도 없었다.

봉황기 때도 3경기 무실점.

한일 고교야구 대항전에서도 3경기 무실점.

그리고 지난 쿠바전에서도 무실점.

마치 당연하다는 듯이 모든 경기를 무실점으로 틀어막아 버렸다.

일부 스카우터들은 운이 따랐다고 말했다. 일부 스카우터들은 한정훈이 수준이 높은 것이라고 반박했다.

그러면서도 끌려가는 상황이 나온다면 한정훈이 지금처럼 압도적인 피칭을 선보이긴 어려울 것이라고 입을 모았다.

"위기 상황에서 강하긴 하지만 그러다 실점을 해버리면 아마 크게 흔들리고 말걸?"

"메이저리그에서도 흔하잖아. 4회까지 잘 던지다가 5회 2

사 이후에 홈런을 얻어맞고 주체 없이 무너지는 투수들 말이야."

"한정훈이 분명 뛰어난 투수인 건 맞지만 과연 팀이 득점을 해주지 못하는 상황에서도 아무렇지도 않게 공을 던질 수 있겠어?"

"어렵지. 그 정도 정신력마저 갖췄다면 당장 메이저리그 마운드에 올려 보냈을 거라고."

메이저리그 스카우터들의 말처럼 리드 당하는 경기에서 공을 던진다는 건 쉬운 일이 아니었다.

특히나 팀의 에이스라면 더 부담스러울 수밖에 없었다.

투수도 사람인만큼 컨디션에 따라 투구 내용이 달라질 수 있었다. 컨디션이 좋지 않을 때 상대 기록마저 나쁜 팀을 만나면 경기 초반부터 난타를 당하게 될 수도 있었다.

만일 후선발투수를 마운드에 올렸는데 제구력 난조로 경기 초반부터 5실점을 했다면 감독은 어렵지 않게 투수를 교체할 것이다.

그러나 에이스가 마운드에 올랐는데 대량 실점을 한다면 이야기는 달랐다. 에이스를 내보낸 경기에서 지는 건 2패나 다름없다는 말이 있다.

그만큼 연승은 이어주고 연패는 끊어주는 게 에이스의 덕목이었다. 그런 부담을 안고 마운드에 오르는 게 에이스라 불리는 투수들의 숙명이었다.

그런데 에이스가 초반 대량 실점으로 경기 흐름을 상대에게 넘겨준 채로 무책임하게 마운드에서 내려온다면?

그날 경기를 뒤집을 가능성은 극히 낮아지고 만다.

이런 상황에서 대부분의 에이스가 선택하는 길은 하나뿐이었다.

최대한 버티는 것.

팀이 추격할 때까지. 자신이 막을 수 있을 때까지.

어떻게든 버티고 버텨서 역전의 불씨를 살리는 것.

컨디션이 나빠 공 끝이 무뎌지고 평균 자책점이 순식간에 불어나더라도 에이스는 자신이 맡은 바 책임을 다해야 했다.

그걸 감당하지 못한다면 결코 에이스의 자리를 차지할 수가 없었다.

어린 나이에 빠른 공을 던진다는 이유로 한국 대표팀의 에이스로 군림하고 있지만 한정훈이 메이저리그에서도 에이스가 될 것이라 확신하는 스카우터는 드물었다.

한정훈을 놓고 신경전을 벌이는 양키즈의 스카우터 톰슨과 레드삭스의 스카우터 제레미의 생각도 마찬가지였다.

톰슨은 최대 3선발, 제레미는 최대 4선발.

한정훈이 3~4년 정도 마이너리그를 거친 뒤 팀의 기대만큼 성장해 줬을 때 바라볼 수 있는 최대치가 그 정도였다.

그래서 한정훈이 첫 실점을 했을 때 메이저리그 스카우터들은 눈을 반짝거렸다.

오심으로 인한 실점은 수비 실책으로 인한 실점보다 더 기분 나쁜 법이었다. 게다가 오늘 경기의 심판들은 철저하게 미국 대표팀의 편을 들어주고 있었다. 이런 상황에서 한정훈이 평정심을 되찾지 못한다면 한국 대표팀의 돌풍도 여기서 끝나버릴 가능성이 높았다.

하지만 한정훈이 첫 실점 이후로 보여준 피칭은 메이저리그 스카우터들의 짓궂은 웃음을 사라지게 만들었다.

삼진 – 삼진 – 파울 플라이 – 삼진 – 파울 플라이 – 삼진 – 삼진 – 삼진.

한정훈은 최고 98mile/h의 강속구를 앞세워 미국 대표팀의 여덟 타자를 힘으로 찍어 눌렀다.

그 가운데 탈삼진을 무려 6개나 뽑아냈다.

이 시점에서 한정훈을 향한 에이스 자격 논쟁은 무의미해졌다.

하지만 정작 한정훈은 아직 보여줄 게 남았다며 또다시 메이저리그 스카우터들의 시선을 끌어모았다.

3

퍼엉!

눈 깜짝할 사이에 날아든 초구가 포수 미트 속으로 빨려 들어갔다.

"스트라이크!"

코스를 확인한 샌더스는 쓴웃음을 흘렸다.

설마하니 자신이 조금 전 파울성 안타를 쳐 냈던 그 코스에 초구를 던질 줄은 몰랐다는 표정이었다.

'영리하군, 영리해.'

샌더스는 가볍게 고개를 끄덕거렸다.

자신이 방심한 틈을 노려 한정훈이 역으로 공을 찔러 넣었다고 생각한 것이다. 하지만 2구째도 같은 코스로 공이 들어오자 샌더스의 표정이 딱딱하게 굳어졌다.

파앙!

잠깐 망설이는 사이 패스트볼이 홈 플레이트를 지나 미트 속으로 사라졌다.

"스트라이크!"

심판이 지체 없이 스트라이크를 선언했다. 그와 동시에 샌더스의 눈두덩이가 찌릿 하고 울렸다.

'저 자식이……!'

샌더스가 매섭게 한정훈을 노려봤다.

8개의 홈런을 때려낸 자신을 상대로 연속해서 몸 쪽 승부라니.

마치 자신을 우습게 보는 것만 같았다.

'아니야, 아닐 거야. 너무 깊게 생각하지 말자.'

샌더스는 애써 분을 가라앉혔다.

미국 대표팀의 4번 타자인 자신을 일개 동양인 투수가 우습게 여긴다는 건 있을 수 없는 일이었다.

그보다는 자신이 흥분하길 바라는 한국 더그아웃의 고도의 계략일 가능성이 높았다.

'이제 바깥쪽으로 빠지는 체인지업을 던지겠지.'

다시 타석에 들어선 샌더스는 대부분의 신경을 바깥쪽에 집중했다.

만에 하나 날아들지 모를 위협구 정도만 대비하기 위해 몸 쪽에는 일부만 남겨 두었다.

그런데…….

후아앗!

한정훈이 던진 3구는 또다시 몸 쪽 꽉 찬 스트라이크존을 파고들었다.

'젠장할!'

샌더스가 다급히 방망이를 휘둘러봤지만 공이 더 빨랐다.

퍼어엉!

요란한 포구 소리에 이어 심판이 스트라이크 아웃을 선언했다.

"크으윽!"

샌더스는 이를 악물었다.

이때까지만 해도 샌더스는 자신에게 무슨 일이 일어날지 전혀 짐작하지 못했다.

4회 말.

한국 대표팀은 황철민의 솔로 홈런으로 점수를 1 대 1로 만들었다.

추가 득점 찬스가 이어졌지만 케리 게일의 보크성 견제구에 주자가 죽으면서 안타깝게 기회가 무산됐다.

5회 초.

미국 대표팀은 오랜만에 주자를 출루시켰다.

1사 후 7번 타자가 때린 유격수 앞 땅볼이 돌을 맞고 튕겨 오르면서 행운의 내야 안타가 된 것이다.

하지만 한정훈은 8번 타자와 9번 타자를 연속 삼진으로 돌려세우며 미국 대표팀의 기대를 꺾었다.

6회 초도 마찬가지.

선두 타자로 나온 1번 타자가 친 3루 땅볼 타구를 3루수가 악송구하며 무사 1루가 됐지만 2번 타자와 대타로 들어온 3번 타자를 연속 삼진으로 잡아내는 위력투를 이어 나갔다.

그리고…… 타석에 4번 타자 샌더스가 들어왔다.

"샌더스다!"

"홈런 한 방 치라고!"

샌더스의 등장에 관중들이 함성을 질러댔다.

마이크 샌더스라면, 이 답답한 경기를 한 방에 날려줄 것 같았다.

"후우……."

샌더스는 천천히 숨을 골랐다.

무사 1루가 2사 1루로 변했지만 아직까지 추가 득점 기회가 사라진 건 아니었다.

루상에 나가 있는 주자는 제임스 카일런.

주루 능력만큼은 메이저리그 스카우터들에게도 인정받는 발 빠른 주자였다.

꼭 장타가 아니더라도 너무 짧은 안타만 아니라면 발 빠른 카일런이 어떻게든 홈에 들어와 줄 것 같았다.

'친다. 이번에는 기필코 친다!'

샌더스의 날카로운 시선이 한정훈에게 향했다.

그러나 한정훈은 샌더스를 영웅으로 만들어줄 생각이 눈곱만큼도 없었다.

퍼엉!

한정훈의 초구가 샌더스의 몸 쪽에 꽂혔다.

97mile/h의 패스트볼.

심판의 입에서 스트라이크 콜이 나오자 샌더스의 눈매가 매서워졌다.

한정훈은 지체 없이 2구를 던졌다.

퍼엉!

이번에도 공은 샌더스의 몸 쪽을 파고들었다.

98mile/h.

"이 빌어먹을 자식!"

샌더스의 입에서 결국 욕지거리가 터져 나왔다.

설마 했었다. 전략 분석팀에서 한정훈이 여우같은 피칭을 즐긴다고 했으니 자신을 상대로도 허를 찌르는 볼 배합을 가져가는 것이라 여겼다.

그런데 아니었다.

이건 명백한 도발이며 조롱이다.

아까 그 공이다. 어디 또 쳐봐라.

불만이 가득 담긴 한정훈의 표정이 아까부터 그렇게 말하고 있었던 것이다.

그걸 샌더스는 2스트라이크에 몰리고 난 다음에야 깨달았다.

'저 자식! 처음부터 날 무시하고 있었어!'

샌더스가 방망이를 단단히 움켜쥐었다. 그리고 몸 쪽 공이 들어오기만을 기다렸다. 샌더스의 달라진 눈빛을 확인한 한정훈이 입가를 비틀어 올렸다.

"그래, 진즉 그랬어야지."

한정훈은 있는 힘껏 공을 내던졌다.

후아앙!

쭉 뻗어 나간 공이 순식간에 샌더스의 코앞까지 날아들었다.

"어림없다!"

샌더스는 반사적으로 허리를 돌렸다.

스트라이크존에 꽉 차게 들어온 공이었지만 방망이 중심에만 맞출 수 있다면 충분히 담장을 넘길 것이라 확신했다.

그런데……!

"……!"

포심 패스트볼의 궤적이 떨어지지 않았다.

샌더스를 놀리듯 방망이 위를 스치더니 그대로 시야 너머로 사라져 버렸다.

퍼어엉!

포수의 요란한 포구음이 샌더스의 귓가를 허망하게 울렸다.

'비, 빌어먹을······!'

작심하고 노린 공에 헛스윙을 하고 만 샌더스의 얼굴이 참담하게 일그러졌다.

4

−헛스윙! 삼진!

−역시 한정훈 선수입니다.

−6회까지 한정훈 선수 탈삼진만 열세 개째 기록합니다.

−4번 타자인 샌더스 선수 상대로만 두 개째죠.

−정말 대단한 선수입니······ 오오! 지금 전광판에 구속이 나왔습니다.

−허······! 이건 진짜 미쳤네요.

−놀라지 마십시오. 대회 최고 구속을 한정훈 선수가 기록했습니다.

−네, 100마일이네요. 그 영화나 소설에서나 보던 100마일이요.

—오늘 한정훈 선수가 큰일을 해낼 거라던 강선우 위원의 말이 정확하게 맞아 떨어졌네요.

—솔직히 한정훈 선수가 제가 기대한 이상의 투구를 보여 줬는데요. 아마 오늘 경기를 통해 다른 팀들도 똑똑히 알았을 것 같습니다. 한정훈 선수를 잘못 건드렸다간 조…….

—가, 강선우 위원

—종친다고요, 인생. 절대 욕하려던 거 아니었습니다.

—뭐 그렇게 말씀하셔도 시청자 여러분들은 전부 알아들으셨을 겁니다.

중계 듀오 강명제와 강선우가 깔깔거리며 웃었다.

한정훈이 잘 던져 줄 것이라 믿고는 있었지만 이렇게 통쾌하게 복수를 할 것이라고는 기대하지 못한 얼굴이었다.

그러나 한정훈은 아직까지도 분이 덜 풀린 얼굴이었다.

6회 말.

한정훈의 호투에 자극을 받은 한국 대표팀 중심 타자들이 일을 냈다.

포문은 3번 타자 강동수가 열었다. 2사 1, 2루 상황에서 케리 게일의 100구째 공을 잡아당겨 2타점 2루타를 날린 것이다.

점수는 순식간에 3 대 1로 바뀌었다.

그러나 강동수에게 자극을 받은 황철민은 이대로 공격을 끝낼 마음이 없었다.

따악!

케리 게일의 밋밋한 직구가 몸 쪽으로 말려 들어오자 황철민은 지체 없이 방망이를 휘둘렀다.

당겨 치는 재주만큼은 팀 내 최고인 황철민의 타구는 쭉쭉 뻗어 구장을 넘겨 버렸다.

장외 홈런.

"작작 좀 쳐라. 나도 먹고살아야지."

"이번 대회는 양보 안 한다니까?"

서로 하이파이브를 나누며 강동수와 황철민이 씩 웃었다.

그렇게 미국 선발 케리 게일은 자신의 평균 자책점(7.67)을 꼬박 채우고 마운드에서 물러났다.

한국 대표팀은 7회와 8회 공격에서도 각기 한 점씩을 추가했다. 반면 미국 대표팀은 한정훈의 호투에 계속해서 꽁꽁 묶여 있었다.

8회 말, 점수가 7 대 1로 벌어지자 박찬오가 한정훈에게 교체의 뜻을 내비쳤다.

그러자 한정훈이 단호하게 고개를 저었다.

"더 던질 수 있습니다."

그 반응이 마치 마운드에 꼭 올라가야 할 이유라도 있는 사람처럼 보였다.

"그만하면 많이 던졌잖아. 완투에 욕심나서 그래?"

이만호가 한정훈을 바라보며 물었다.

한정훈의 오늘 투구는 여전히 무시무시했다.

8회까지 피안타 3개, 사사구 1개를 내주며 1실점했지만 탈삼진을 무려 16개나 잡아냈다.

그것도 우승 후보라 불리는 미국 대표팀을 상대로 말이다.

이만하면 에이스로서 소임을 다했다. 이제는 쉬면서 경기를 지켜봐도 괜찮을 것 같았다.

그러나 한정훈은 아직 분이 다 풀린 게 아니었다.

"샌더스, 한 번 더 남았다."

"뭐? 너 그것 때문에 그래?"

"그것 때문이라니? 이대로 경기가 끝나면 저 녀석은 날 상대로 3할 타율을 넘기는 거야. 난 저딴 녀석이 평생 그걸 추억 삼아 사는 꼴은 못 봐."

한정훈이 단호한 목소리로 말했다. 그리고 보란 듯이 글러브를 챙겨 들고 마운드로 향했다.

"하아, 네 맘대로 하세요. 누가 널 말리겠냐."

절레절레 고개를 흔들던 이만호도 군말 없이 포수석에 앉았다. 한정훈은 바람대로 3타자를 땅볼 두 개와 삼진 하나로 깔끔하게 처리하며 완투승을 거두었다.

최종 스코어 7 대 1. 한국 대표팀이 미국 대표팀을 누르고
슈퍼 라운드 첫 경기를 가져갔다.

23장
결승전

1

당연하게도 한정훈은 경기 MVP로 뽑혔다.

9이닝 3피안타 1사사구 1실점 17탈삼진.

황철민이 홈런 2개를 치며 분전하긴 했지만 한정훈이 세운 어마어마한 기록에 비할 순 없었다.

[코리안 쇼크, 한정훈! 쿠바에 이어 미국도 잠재우다!]
[한국의 젊은 에이스, 팀을 결승으로 이끌다!]

대다수의 언론은 한정훈의 활약을 크게 보도했다.

그러면서 미국 대표팀과 캐나다 심판들이 경기를 지저분하게 만들었다며 맹비난했다.

[미국 대표팀. 실력도 매너도 한국에 지다.]
[주최 측. 자격 없는 캐나다 심판들에게 구두 경고.]
[카넬라 감독. 할 말 없다며 인터뷰 거절해.]
[미국 대표팀. 오심에 기대다 허무하게 경기 내줘.]

궁지에 몰린 미국 대표팀 측은 카넬라 감독을 경질하겠다는 뜻을 밝히며 진화에 나섰다.

하지만 카넬라 감독도 호락호락하게 물러나지 않겠다고 버티면서 상황은 극악으로 치달았다.

그때 미국 대표팀을 구한 건 또 다른 동양인 투수의 호투 소식이었다.

[쇼타! 9이닝 1실점 완투! 한정훈과 결승에서 맞붙겠다고 선언!]

한정훈에게 자극을 받은 쇼타가 쿠바 대표팀을 상대로 완투승을 따내며 언론들에게 또 다른 기사거리를 던져 준 것이다.

[한정훈 vs 쇼타! 아시아 에이스 대 격돌!]

[최고의 우완 vs 최고의 좌완! 누가 왕좌에 오를 것인가!]

언론들은 곧바로 한정훈과 쇼타의 대결 구도를 그렸다.

한국과 일본 모두 결승 진출이 확정되지 않았지만 미국 대표팀이 망쳐 놓은 이번 대회를 회생시킬 수 있는 유일한 방법은 한정훈과 쇼타의 결승 맞대결뿐이었다.

운 좋게 경질 위기를 넘긴 카넬라 감독은 결승에 진출하는 것은 미국이라며 다시 한 번 큰소리를 쳤다.

그러나 야구의 신은 더 이상 카넬라 감독의 손을 잡아주지 않았다.

〈슈퍼 라운드 경기 결과〉

〉1라운드

(A1)한국 대표팀 7 : 1 미국 대표팀(B1)

(A2)쿠바 대표팀 1 : 3 일본 대표팀(B2)

(A3)대만 대표팀 4 : 2 멕시코 대표팀(B3)

〉2라운드

(A1)한국 대표팀 3 : 2 일본 대표팀(B2)

(A3)대만 대표팀 3 : 2 미국 대표팀(B1)

(A2)쿠바 대표팀 11 : 1 멕시코 대표팀(B3)

〉3라운드

(A1)한국 대표팀 12 : 2 멕시코 대표팀(B3)

(A2)쿠바 대표팀 7 : 2 미국 대표팀(B1)

(A3)대만 대표팀 3 : 7 일본 대표팀(B2)

승리를 장담한 대만 대표팀과의 경기에서 미국 대표팀은 3 대 2, 한 점 차로 패배했다.

아시아의 에이스를 논하는 데 자신의 이름이 빠졌다는 사실에 자극이라도 받은 듯 대만의 선발투수 왕웨이룬이 7이닝 1실점 호투를 펼친 것이다.

거기에 믿었던 4번 타자 마이크 샌더스가 5타수 무안타로 침묵하면서 미국 대표팀은 2연패의 늪에 빠졌다.

다행히도 같은 날 한국 대표팀이 일본 대표팀을 잡아주면서 미국 대표팀의 결승 진출 가능성은 남아 있었다.

에이스 제이스 루피가 컨디션을 회복한 만큼 쿠바만 잡아낸다면 일본을 끌어 내리고 결승전에 나갈 수 있었다. 그러나 쿠바 대표팀의 선발투수는 에이스 에르난데스였다.

이번 대회 최우수 투수상 0순위 후보에서 한정훈과 쇼타, 왕웨이룬에게까지 밀려 버린 에르난데스는 미국 대표팀을 상대로 명예회복을 하겠다며 독기를 품었다.

결과는 일방적이었다.

홈런 2개를 허용하긴 했지만 에르난데스가 9이닝 동안 미국 대표팀 타자들을 물어뜯는 동안 미국 투수들은 매 이닝 실점 위기를 맞으며 7점이나 헌납했다.

특히나 믿었던 에이스 제이스 루피는 3이닝 동안 무려 100개의 공을 던지며 4실점, 패배의 주범이 되었다.

2승을 안고 시작한 슈퍼 라운드에서 3전 전패를 기록한 미국은 5위로 주저앉았다.

반면 일본은 대만을 잡아내며 쿠바를 제치고(승자승) 결승전 티켓을 따냈다.

결승전은 어렵더라도 최소한 3위는 확보할 줄 알았던 미국 대표팀의 추락에 언론들도 할 말을 잃고 말았다. 패배의 원인은 수없이 많았다. 그중에서도 믿었던 마이크 샌더스의 갑작스러운 부진이 뼈아프다는 지적이 많았다.

4번 타자 마이크 샌더스는 쿠바전에서도 5타수 무안타로 침묵하며 13타수 무안타라는 극심한 슬럼프에 빠져 있었다.

야구 전문가들은 타격 폼이나 스윙, 집중력 모든 게 갑작스럽게 무너졌다며 부활이 쉽지 않을 것이라고 말했다.

스포츠 심리 치료사들도 샌더스가 극심한 정신적인 스트레스를 겪고 있다며 지금 당장 치료가 급하다고 걱정할 정도였다. 경기 결과를 떠나 마이크 샌더스는 미국 대표팀의 자랑이고 미국의 자랑이었다. 그런 그가 하루아침에 평범 이하의 선수로 전락한 이유를 모르는 이들은 극히 드물었다.

한정훈.
코리안 쇼크.
한국의 에이스.

마이크 샌더스의 극심한 부진은 한정훈에게 3연타석 삼진을 당하면서 시작됐다.

그것도 한정훈이 영리한 볼 배합으로 삼진을 잡아낸 게 아니었다. 3타석 모두 몸 쪽 패스트볼만 던져서 홈런 타자라 자부하던 마이크 샌더스의 자존심과 자신감을 잔인하게 짓밟아버렸다.

"이 빌어먹을 한국 녀석 때문에 샌더스가 맛이 갔잖아!"

"메이저리그에 오기만 해봐! 핫도그를 먹여줄 테니!"

"메이저리그? 흥! 그렇게 더럽게 야구하는 녀석은 메이저리그에 올 자격이 없어!"

"맞아! 어떤 구단이던지 코리안 쇼크를 영입하기만 해봐! 내 자식하고 손자까지 동원해서 안티가 되어줄 테니까!"

미국 내 인종차별 주의자들이 미국 대표팀 패배의 원흉으로 한정훈을 지목하고, 상당수의 미국인이 동조하면서 미국 내 반 한정훈 바람이 거세게 일었다.

한인이 많이 살고 있는 지역의 인터넷 게시판들은 매일같 이 한정훈을 주제로 한 싸움이 끊이지 않을 정도였다.

ㄴ코리안 쇼크는 더러워. 계속해서 샌더스를 맞추려고 했 잖아?

ㄴ넌 경기를 보고 떠드는 거야? 한이 언제 샌더스를 맞추 려고 했다는 거야?

ㄴ경기 못 봤어? 샌더스가 타석에 바짝 붙어 섰다고 위협 구를 몇 개나 던졌잖아?

ㄴ멍청아! 그건 샌더스가 아니라 이브라임이야. 그리고 그 녀석은 공을 맞으려고 몸을 가져다 댔다고.

ㄴ어쨌든 그게 중요한 게 아니잖아! 코리안 쇼크는 더러 워. 그런 더러운 녀석이 메이저리그에 온다고? 역겨운 소리 집어 치워!

ㄴ심판까지 매수해서 경기 조작한 건 미국 대표팀이 먼저 인데?

ㄴ시끄러! 미국은 깨끗해! 멍청한 캐나다 심판들이 쓸데없 이 경기를 망친 거라고!

ㄴ캐나다 심판 중 한 명이 미국 대표팀 관계자와 만나는

게 카메라에 잡혔는데 무슨 헛소리야?

└어쨌든 코리안 쇼크는 더러워! 더럽다고!

한정훈을 공격하는 이들은 깨끗하지 않은 매너를 주된 이유로 삼았다. 야구는 신사적인 스포츠인데 몸 쪽 위협구를 계속해서 던진 건 너무했다는 것이다.

그러나 한정훈을 옹호하는 이들은 다양한 근거를 들어 맞받아쳤다.

캐나다 심판의 경기 조작, 미국 대표팀의 개입, 미국 더그아웃의 한정훈 흔들기, 잇단 오심, 한국 대표팀 에이스로서의 책임감 등등.

한정훈을 두둔할 만한 이유는 차고 넘쳤다. 무엇보다 해당 경기에서 몸에 맞는 공이 나온 건 한 번뿐이었다. 그것도 이브라임이 홈 플레이트까지 상체를 내밀다가 생긴 사고에 불과했다.(심지어는 오심이었다.)

그런데 고작 그 정도로 한정훈을 공격하고 메이저리그 입성을 반대한다는 건 지나친 논리였다.

"오타니 때문이군."

"맞아. 오타니가 메이저리그에 오니까."

야구 전문가들은 어렵지 않게 그 이유를 알아챘다.

오타니 쇼헤.

일본이 낳은 슈퍼스타.

101mile/h을 던지고 메이저리그에 입성하겠다는 약속을 지켜낸 괴물 같은 투수.

아직 포스팅은 시작조차 하지 않았지만 메이저리그 전 구단이 오타니 쇼헤 잡기에 열을 올리고 있는 실정이었다.

류현신 때도, 다나카 마스히로 때도 이 정도는 아니었다.

그렇다 보니 미국 내부에서도 아시아 투수에게 메이저리그 최고 선수의 영예를 내주게 될지도 모른다는 불안감이 팽배해진 상황이었다.

그러던 차에 한정훈이라는 어마어마한 투수가 나타났으니 불만의 목소리가 커지는 것도 무리는 아니었다.

"한정훈은 확실히 괴물이야. 샌더스 정도면 트리플 A에 가져다 놔도 중심 타선을 칠 선수인데 아주 박살을 내놨어."

"당연하잖아. 몸 쪽 꽉 찬 패스트볼을 100마일까지 던졌다고. 그건 결코 아무나 할 수 없는 일이야."

"한정훈뿐만 아니야. 쇼타도 무시하기 어렵지. 일본에서는 제2의 오타니 쇼헤로 불리고 있잖아."

"왕웨이룬은 어떻고? 왕젠민이 자신보다 나은 투수가 될 거라고 극찬했잖아."

"이거 정말 이러다가 메이저리그가 동양인 투수들의 천국이 되는 거 아냐?"

"그러면 좀 어때? 메이저리그가 언제는 미국 투수들의 천국이었어?"

"하긴, 그건 그렇지."

"그러니까 우리들까지 쓸데없는 생각 말자고. 오타니만으로도 가슴이 두근거리는데 더 성장한 한정훈과 쇼타, 왕웨이룬이 메이저리그에 들어온다고 상상해 봐. 얼마나 재미있겠어?"

"하지만 그만큼 구단주들은 골치가 아프겠지. 셋 중 한 명이라도 잡으려면 말이야."

야구 전문가들의 예상대로 메이저리그 각 구단은 벌써부터 주판알을 굴리기에 여념이 없었다. 재미있는 건 그 현상이 빅 마켓 구단에 한정되지 않았다는 점이다. 스몰 마켓 구단이나 리빌딩을 노리는 구단에게도 한정훈은 결코 놓치고 싶지 않은 매력적인 선수였다. 오타니 쇼헤를 영입해 과거의 영광을 재현하겠다는 목표를 세운 브레이브스 구단도 예외는 아니었다.

"한정훈을 당장 내년에 메이저리그에 데려올 수 있을까?"

브레이브스 구단주 존 슈이츠가 신임 단장 케빈 윌을 바라봤다.

케빈 윌은 아직 40대 초반에 불과했지만 시장의 동향을 읽고 선수들을 스카우트하는 데 있어서 최고라 평가받는 실력자 중 한 명이었다.

그러나 제아무리 케빈 월이라 하더라도 모든 선수를 영입할 수 있는 건 아니었다.

"어려워요. 이제 고등학교 2학년이잖아요."

"한국에서 드래프트를 개정한다고 하잖아. 그럼 가능한 거 아냐?"

"그거 한국 프로팀 한정일걸요? 가뜩이나 안성민 사건으로 인해서 시끄러운데."

"젠장. 그럼 한정훈을 곧바로 데려올 방법은 없는 거야?"

존 슈이츠가 이맛살을 찌푸렸다. 그러자 케빈 월이 실실 웃으며 구단주를 달랬다.

"한정훈이 메이저리그를 간절히 바란다면 올해는 힘들어도 내년에는 가능하죠."

"한국 프로 구단의 제안을 거절하고 말야?"

"하지만 현재로써 그 가능성은 희박해요."

"왜? 양키즈나 레드삭스 때문에? 걱정하지 마. 돈이라면 얼마든지……."

"아니요. 돈 문제가 아니라 군대 문제요."

"아……."

"한정훈이 내년에 바로 메이저리그 입성을 노린다면 군대 문제를 해결하지 못하게 될 가능성이 높아요. 현재로써 한국 야구 선수가 군대 문제를 해결할 수 있는 유일한 방법은 아시안 게임인데…….”

“그건 프로팀 감독들이 전권을 쥐고 있잖아!”

“그러니까 어렵다는 거죠.”

케빈 윌이 한숨을 내쉬었다.

아시아 유일의 분단국가인 한국의 특성상 군 문제에서 자유로울 수 있는 유망주는 단 한 명도 없었다.

“그럼 어떻게 해? 한정훈을 포기하고 쇼타 쪽으로 가?”

성격 급한 존 슈이츠가 쇼타를 언급했다.

한정훈만큼은 아니지만 쇼타도 꾸준하게 1순위 영입 대상으로 거론되고 있었다.

“한정훈이 괴물 같은 투수인 건 맞지만 쇼타도 가치는 충분하죠. 일본 투수고, 좌완이고. 구속도 한정훈과 비슷하고. 구종도 다양하고.”

“잡설은 집어 치우고. 그래서 쇼타라 이거야?”

“물론 둘 중 한 명을 잡으라면 저는 한정훈이죠. 한정훈에게는 쇼타에게 없는 그 무엇이 있으니까요.”

구속과 구종, 하드웨어, 투구 스타일.

모든 면을 놓고 봤을 때 한정훈이 쇼타보다 절대적으로 우위에 있는 건 없었다.

구속은 동등. 구종은 쇼타가 더 많았고 체격 조건과 투구 스타일은 서로 비슷했다.

그럼에도 모든 메이저리그 스카우터들은 한정훈을 쇼타의 윗줄에 올려놓았다.

이유는 간단했다.

에이스의 재목.

그것을 한정훈은 미국 대표팀과의 경기를 통해 완벽하게 입증했다.

반면 쇼타는 아직 완전히 에이스 감이다라고 평가하기 이른 시점이었다.

"젠장! 하지만 당장 한정훈을 잡을 방법이 없다며! 그럼 쇼타에 올인 해야 하는 거 아냐?"

존 슈이츠가 언성을 높였다.

지금 시점에서야 한정훈이 낫다지만 쇼타도 그 이상으로 성장해 줄 가능성은 충분했다.

그러나 케빈 윌은 이번에도 고개를 흔들어 댔다.

"그게 쉽지 않을 거 같다고요. 아직까진 제 생각이지만…… 쇼타가 왠지 한정훈과 똑같은 시기에 포스팅을 신청하고 메이저리그에 들어올 것 같거든요."

케빈 윌은 전적으로 자신의 생각이라 말했다.

하지만 실제로 쇼타와 한정훈의 라이벌 관계를 잘 알고 있는 스카우터들과 단장들은 비슷한 예측을 하고 있었다.

"젠장! 빌어먹을! 그럼 왕웨이룬뿐인가?"

존 슈이츠의 표정이 급격히 암울해졌다.

왕웨이룬도 분명 좋은 투수이긴 하지만…… 솔직히 한정훈이나 쇼타와 같이 묶기에는 무리가 따랐다.

"그보다는 에르난데스 쪽이 낫겠습니다."

케빈 월이 대안을 말했다.

쿠바 특급 에르난데스.

한정훈에게 치이고 쇼타에게 밀리긴 했지만 그는 여전히 좋은 투수였다.

2

〈슈퍼 라운드 최종 순위〉

1위 한국 5승(+2승)

2위 일본 3승 2패(+1승 1패)

3위 쿠바 3승 2패(+1승 1패)

4위 대만 2승 3패(+2패)

5위 미국 2승 3패(+2승)

6위 멕시코 5패(+2패)

하루의 휴식 일을 가진 뒤 쿠바 대표팀과 대만 대표팀의 3, 4위전이 열렸다.

한정훈과 쇼타라는 세기의 대결로 관심을 모으고 있는 결승전과는 달리 3, 4위전에 대한 기대는 크지 않았다.

에르난데스와 왕웨이룬의 선발 등판이 불발된 상황이라 소수의 관중들이 지켜보는 가운데 조용히 치러졌다.

경기 결과는 쿠바 대표팀의 6 대 4 승리.

어렵사리 3위를 차지한 쿠바 대표팀 선수들은 환호를 내지르고 아쉽게 4위에 머무른 대만 대표팀 선수들은 눈물을 흘렸다.

경기 후 쿠바 대표팀의 기자회견이 열렸다. 그리고 한 기자가 에르난데스에게 질문을 던졌다.

"에르난데스 선수, 본인을 포함해 대회 최고의 투수는 누구입니까?"

대회 첫날 기자회견이었다면 에르난데스는 군말 없이 자신이라고 대답했을 것이다.

그러나 한정훈과 쇼타의 활약상을 두 눈으로 지켜본 지금은 달랐다.

"저는 아직 한정훈과 쇼타를 이기지 못했습니다. 그리고 두 선수 중 누가 이길지는 결승전을 지켜보면 될 것 같습니다."

거칠 게 없는 언변으로 언론의 사랑을 받아왔던 에르난데스가 겸손하게 대답했다.

그건 비슷한 질문을 받은 페데즈도 마찬가지였다.

"같은 팀의 에르난데스 선수를 포함해서 한정훈과 쇼타까지, 이번 대회 최고의 투수들을 상대해 봤는데 셋 중 누가 가장 까다롭던가요?"

슬쩍 에르난데스를 바라보던 페데즈가 미안하다는 표정을 지었다.

그러자 에르난데스가 씩 웃더니 주먹으로 페데즈의 어깨를 툭 하고 때렸다.

"일단 에르난데스도 다른 팀에서 만나고 싶지 않은 투수인 건 확실합니다. 패스트볼도 엄청나지만 패스트볼에만 신경 쓸 수가 없어요. 낙차 큰 커브도 확실히 위협적이니까요."

페데즈는 먼저 동료인 에르난데스를 칭찬했다.

첫 경기인 한국전을 제외하고 에르난데스는 제 몫을 충분히 해냈다.

만약 한정훈과 쇼타가 없었다면 대회 최고의 투수는 에르난데스가 됐을 가능성도 충분했다.

그러나 기자들이 바라는 건 에르난데스에 대한 입바른 소리가 아니었다.

"한정훈과 쇼타. 둘 다 무서운 선수입니다. 둘 중 누가 더 최악인지 고르는 게 쉽지 않을 정도로요. 하지만 만약에 한정훈을 보유한 구단과 쇼타를 보유한 구단에서 나를 스카우트 하겠다고 말한다면, 나는 한정훈이 있는 구단으로 가고 싶습니다. 물론, 같은 구단에서 한정훈과 쇼타, 그리고 에르난데스까지 보유한다면 연봉을 반만 받아도 좋으니까 무조건 그 구단에 들어갈 생각이고요."

입담 좋은 페데즈의 대답에 기자회견장이 화기애애해졌다. 그러나 기자회견 이후 그들이 쏟아내는 기사는 하나같이 날이 서 있었다.

특히나 일본 기자들은 대놓고 페데즈의 말을 왜곡해 보도했다.

[페데즈, 한정훈이 쇼타보다 한 수 위!]
[페데즈, 한정훈이 소속된 팀에 들어가고 싶다. 쇼타는 싸워볼 만해!]

"이 자식이!"
기사를 본 쇼타가 발끈했다.
다른 선수도 아니고 자신을 상대로 4타수 무안타에 그쳤던 페데즈가 이딴 소리를 지껄였다는 게 화가 났다.

일본 대표팀 사나다 감독은 쇼타를 자극 시기키 위해 일부러 해당 신문을 보여주었다.

그리고 쇼타에게 단단히 당부했다.

"절대 져서는 안 돼. 알았지?"

쇼타는 대답 대신 신문을 와락 일그러뜨렸다.

지지 않겠다.

한정훈에게 질 수 없는 또 다른 이유가 생겨 버렸다.

그때였다.

지이잉.

주머니에 넣어두었던 핸드폰이 울렸다.

쇼타는 퉁명스럽게 핸드폰을 꺼내 들었다. 액정 화면 위로 여동생 모모코의 라인 메시지가 왔다는 알림이 떠올랐다.

"이만 실례하겠습니다."

사나다 감독에게 양해를 구한 뒤 쇼타는 제 방으로 돌아갔다. 그리고 모모코의 메시지를 조심스럽게 확인했다.

오빠. 힘내요. 응원할게요. 너무 무리하지는 마요. 알았죠?

모모코의 응원은 야구밖에 모르는 쇼타에게 늘 큰 힘이 되었다. 하지만 오늘의 응원 메시지는 왠지 모르게 슬프게 느껴졌다.

'그 자식 때문인가.'

쇼타가 입술을 깨물었다.

순진한 모모코의 마음도 몰라주는 나쁜 자식.

녀석의 버릇을 고쳐 주기 위해서라도 내일 경기는 절대 지고 싶지 않았다.

'한정훈. 각오해라! 내일 경기에서 아주 박살을 내줄 테니까!'

스냅 볼을 있는 힘껏 움켜쥐며 쇼타가 빠득 이를 갈았다.

그래서일까.

"푸아취!"

밥을 먹던 한정훈이 갑작스럽게 재채기를 터뜨렸다.

3

결승전 아침은 맑았다.

맑은 날씨만큼 한정훈의 컨디션도 좋았다.

미국전에서 지나치게 페이스를 끌어올려서 이틀 정도 고생했지만 지난여름 어깨 강화 훈련을 한 덕분인지 붓기는 금세 가라앉았다.

"그래도 지난 경기처럼 무리해서 던지지는 마. 알았지?"

경기에 앞서 서재훈이 신신당부를 했다.

강혁에게 한정훈을 잘 챙기겠다고 약속까지 했는데 한정훈이 미국전에서 폭주를 해버렸으니 신경이 쓰이는 모양이었다.

"그게 제 맘대로 되나요, 어디."

한정훈이 씩 웃었다.

솔직히 미국전에서도 의도적으로 구속을 끌어올린 건 아니었다.

심판을 등에 업고 치졸하게 야구를 하는 미국 대표팀에 대한 분노가 구속 증가로 이어진 것뿐이었다.

물론 여름 훈련의 결과 평균 구속이 1㎞/h 정도 빨라진 건 사실이었다.

하지만 그 정도로는 아직 성에 차지 않았다.

목표는 세트 포지션 자세에서 언제든지 100mile/h대의 공을 던지는 것.

그 목표를 이루기 위해서는 어깨 근력과 투구 밸런스를 지금보다 더 향상시킬 필요가 있었다.

"그나저나 너 체인지업 잘 들어가더라?"

서재훈이 화제를 돌렸다.

한정훈이 던지는 변종 체인지업은 100mile/h을 넘나드는 패스트볼만큼이나 관심의 대상이었다.

일부 야구 전문가들은 한정훈의 결정구는 패스트볼이 아니라 변종 체인지업이라고 평가하기도 했다.

그만큼 기존의 체인지업과 비슷하게 날아들다가 횡으로 변해 흘러나가는 변종 체인지업은 공략하기가 쉽지 않았다.

하지만 한정훈은 여전히 아쉬움이 컸다.

"조금 더 꺾이면 좋을 텐데 말이에요."

기존의 체인지업과 엇비슷한 궤적을 그려야 한다는 점 때문에 변종 체인지업의 횡적인 변화 폭은 기대만큼 크지 않았다.

청소년 야구 선수권 대회에서는 그 정도로 충분히 기대 이상의 결과를 끌어낼 수 있었지만 프로 레벨에서도 통할지는 장담하기 어려웠다.

그러나 서재훈의 생각은 달랐다.

"아니, 지금 정도가 딱 좋아. 조금 더 가다듬다 보면 더 꺾이긴 하겠지. 하지만 무리해서 꺾으려고만 든다면 타자들의 눈에도 그 차이가 보일 거야."

한정훈이 던지는 두 개의 체인지업은 서로 잘 맞물려 있었다.

타자가 설사 체인지업을 노리더라도 일반 체인지업과 변종 체인지업의 변화 차이 때문에 쉽게 히팅 포인트를 가져가기 어려울 정도였다.

하지만 무리해서 변종 체인지업의 변화 폭을 늘린다면?

타자들의 눈에 두 개의 체인지업은 전혀 다른 공으로 보일 것이다.

자연스럽게 기존의 체인지업과 변종 체인지업을 따로 노리고 공략하는 게 가능해지게 된다.

어차피 한정훈이란 투수의 최고 무기는 패스트볼이다.

한정훈뿐만이 아니라 메이저리그를 호령하는 투수 대부분이 강력한 패스트볼을 던질 줄 알았다.

"체인지업은 좋으니까, 한국에 돌아가면 패스트볼을 조금 더 가다듬어 보자."

"패스트볼이요?"

"그래. 찬오 형한테 투심 배웠다며? 그럼 내가 다른 구종도 가르쳐 줄게. 싱커하고 스플리터, 커터. 한 번씩 던져 보고 하나라도 건진다면 아마 내년 프로 생활도 버틸 만할 거야."

서재훈이 한정훈의 등을 두드렸다.

결승전이 코앞인데 이런 소리를 하는 게 우습긴 했지만 이미 한정훈의 시선은 프로들의 세계를 향해 있었다.

"고마워요, 형."

한정훈이 감격스러운 눈으로 서재훈을 바라봤다. 그러자 서재훈이 언재 그랬냐는 것처럼 정색하며 말했다.

"대표팀이다."

"네, 코치님."

"왜 이렇게 차가워?"

"알았어요, 코치 형."

"그래, 난 그 호칭이 참 좋더라."

서재훈 덕분에 기분까지 좋아진 한정훈은 마운드 위에서 펄펄 날았다.

"스트라이크, 아웃!"

"스트라이크, 아웃!"

"스트라이크, 아웃!"

결승전 시작과 동시에 일본이 자랑하는 1, 2, 3번 타자를 전부 삼진으로 돌려세우며 유유히 마운드를 내려왔다.

쇼타도 지지 않겠다며 발톱을 드러냈다.

삼진, 2루 땅볼 아웃, 삼진.

탈삼진 숫자는 하나 적었지만 8구만에 이닝을 끝내며 투수전의 시작을 알렸다. 이후의 대결은 지난 한일 고교야구 대항전 결승전을 보는 듯했다.

일본 고교야구 대표팀을 맞아 한정훈은 시종일관 제 페이스대로 공을 던져 댔다.

일본 언론들은 일본 고교야구팀과 고교야구 대표팀은 다른 만큼 한정훈이 흔들릴 수도 있다는 희망찬 전망을 내놓았지만 한정훈은 그 기대를 초장부터 짓밟아버렸다.

어쩌면 당연한 일. 일본 대표팀이라 하더라도 한일 고교야구 대항전에서 한 번씩 상대해 본 타자가 대부분이었다.

그렇다 보니 특별한 부담감조차 느껴지지 않았다.

쇼타도 두 차례나 상대한 한국 대표팀 타자들을 노련하게 요리했다.

일본 대표팀의 전략 분석집을 달달 외웠다는 소문이 사실인 듯 한국 타자들의 약점을 집요하게 물고 늘어지며 삼진과 범타를 유도해 냈다.

6회가 진행됐을 때 두 선수가 허용한 피안타와 사사구는 0개.

장기전을 대비해 한정훈이 맞춰 잡는 투구를 병행하면서 탈삼진 개수조차 9개로 균형을 이뤘다.

7회 초.

일본 대표팀 1번 타자는 유키 나스히로.

한일 고교야구 대항전에서 한정훈에게 철저하게 눌렸던 사가미고등학교의 리드 히터였다.

한일 고교야구 대항전에서는 기대 이하의 활약을 펼쳤지만 일본 대표팀은 나스히로에게 다시 한 번 기회를 주었다.

그리고 나스히로는 한정훈을 만나기 전까지 3할 8푼의 타율로 일본 대표팀의 득점을 이끌고 있었다.

그러나 오늘 경기는 아직까지 출루를 하지 못했다.

첫 타석은 4구째 삼진.

두 번째 타석은 풀카운트 접전 끝에 파울 플라이.

한정훈에게 연거푸 고배를 마셨지만 일본 대표팀은 나스히로의 출루에 희망을 걸고 있었다.

일본 대표팀 타자들 중 나스히로의 방망이가 그나마 한정훈의 공을 제대로 쫓고 있었기 때문이다.

한정훈도 나스히로가 신경 쓰였다.

패스트볼은 한 타이밍 늦게 파울을 만들면서 체인지업만 집요하게 노리는 게 마음에 들지 않았다.

하지만 최대 161㎞/h의 강속구를 뿌려대는 한정훈의 패스트볼을 노리고 타석에 들어설 수 있는 타자는 많지 않았다.

어쩌면 나스히로가 보여주는 노림수가 지금의 한정훈을 공략하는 최선의 방법일지도 몰랐다.

'맞춰 잡자.'

한정훈의 불편한 속내를 읽은 이만호가 몸 쪽 체인지업 사인을 냈다.

손가락은 엄지와 검지를 편 두 개.

변종 체인지업을 던져서 범타를 유도하자는 소리였다.

한정훈은 이내 고개를 끄덕였다.

그렇지 않아도 매 타석마다 끈질기게 버티는 일본 타자들 때문에 투구 수가 예상보다 많아진 상황이었다.

여기서 불필요하게 볼 카운트를 잡아가느니 초구에 승부를 보는 것도 나쁘진 않을 것 같았다.

"후우……."

길게 숨을 내쉰 뒤 한정훈이 힘껏 다리를 끌어 올렸다. 그리고 이만호의 미트를 향해 공을 던졌다.

후앗!

패스트볼처럼 빠르게 날아들던 공의 궤적이 변했다.

'체인지업!'

나스히로는 기다렸다는 듯이 방망이를 잡아 당겼다. 그런데 공이 생각보다 안쪽으로 파고들었다.

'젠장! 당했다!'

나스히로는 이를 악물며 허리를 멈춰 세웠다.

어떻게든 타이밍을 늦춰서 변종 체인지업을 방망이 중심부로 끌어 당겨야 했다.

그런 나스히로의 몸부림이…… 통했다.

따각!

본래라면 평범한 1루 땅볼이 나왔어야 할 타구가 1, 2루 간으로 흘렀다.

2루수가 있는 힘껏 몸을 날려봤지만 타구는 아슬아슬하게 글러브를 스치고 사라졌다.

첫 피안타.

"크아아!"

1루를 밟은 나스히로가 3루 측 더그아웃을 향해 괴성을 내질렀다.

"와아아아!"

"안타다! 안타!"

일본을 응원하는 관중들도 함께 들썩거렸다.

0의 행진을 깨고 괴물 투수 한정훈을 상대로 첫 안타를 쳤으니 마치 선취점을 뽑아낸 것 같은 착각마저 들었다.

"정훈아, 미안하다."

2루수 박인우가 마운드 근처까지 다가와 사과했다.

타구 판단을 빨리 했어야 했는데 안이하게 대처하다가 빠뜨리고 말았다.

하지만 한정훈은 괜찮다며 씩 웃어보였다.

설사 박인우가 잡았다 하더라도 발 빠른 나스히로가 1루에 살아 들어갈 가능성이 더 높았다.

"선배, 괜찮으니까 다음 타석 때 확실히 복수해 줘요."

한정훈이 장난스럽게 말했다. 딱히 부담을 주려는 건 아니지만 다음번 공격은 1번 타자인 박인우부터 시작이었다.

"응? 무, 물론이지. 기필코 살아 나간다!"

박인우가 힘껏 고개를 끄덕였다.

그렇지 않아도 두 타석 연속으로 쇼타에게 삼진을 당해서 벼르고 있었는데 이제는 꼭 안타를 쳐 내야 할 것 같았다.

"정훈아, 괜찮은 거지?"

박인우에 이어 1루수 황철민이 말을 걸었다.

한정훈의 강철 같은 멘탈을 모르는 건 아니지만 혹시라도 이번 안타로 인해 한정훈이 흔들리기라도 하면 어쩌나 걱정하는 눈치였다.

하지만 한정훈은 정말 아무렇지도 않았다.

노히트 노런. 퍼펙트게임.

애당초 이런 대기록은 한정훈의 머릿속에 없었다.

본래 노히트 노런이나 퍼펙트게임은 야구의 신이 도와줘도 평생에 한 번 이룰까 말까 한 대기록이었다.

욕심을 낸다고 해서 이룰 수 있는 게 결코 아니었다.

게다가 지난 미국전처럼 이번 경기에서도 중요한 순간에 일본의 입김이 개입될 가능성도 없지 않았다.

아마추어 스포츠 세계에서 일본은 막대한 자금력을 바탕으로 어마어마한 영향력을 행사하고 있었다.

다른 경기도 아니고 한일전, 그것도 결승전인 만큼 최악의 상황까지 염두에 둘 수밖에 없었다.

그래서 한정훈은 지극히 현실적이고 실현 가능한 목표를 세웠다.

무실점.

가능하면 완봉.

그런 한정훈에게 처음으로 위기 비슷한 게 찾아온 것이다.

"형 심심할까 봐 하나 맞아준 거예요."

한정훈이 피식 웃으며 말했다.

"아……. 마! 작작 던져라."

한정훈의 말뜻을 알아챈 황철민이 미간을 찌푸렸다.

2사도 아니고 무사에 선두 타자가 1루를 밟았다. 한정훈의 성격상 1루 주자를 가만히 내버려 둘 리 없었다.

아니나 다를까.

"그렇지 않아도 마음에 안 들었는데, 잘 나왔다."

투수판 위에 발판을 올려놓으며 한정훈이 씩 웃었다.

게슴츠레하게 변한 그의 눈빛이 포수가 아닌 1루 쪽으로 움직였다.

'아차!'

뒤늦게 한정훈의 견제 능력을 떠올린 나스히로가 1루를 향해 빠르게 몸을 날렸다.

하지만 한정훈은 견제구를 던지지 않았다. 그저 피식 웃고는 슬그머니 자세를 풀었다.

'악마 같은 자식!'

나스히로가 빠득 이를 악물었다. 전략 비디오로 볼 때는 몰랐는데 직접 겪어보니 기분이 너무나 더러웠다.

일본 전략팀에서는 한정훈의 견제 능력을 S등급으로 평가했다.

E등급은 정석적인 견제조차 하지 못하는 수준.

D등급은 정석적인 견제는 잘하는 수준.

C등급은 기습적인 견제가 가능한 수준.

B등급은 몸짓으로 견제가 가능한 수준.

A등급은 눈빛만으로 견제가 가능한 수준.

그리고 S등급은 기세만으로 견제가 가능한 수준.

프로야구에서도 견제 좀 한다는 투수는 대부분 B등급과 A등급 사이였다.

S등급의 견제 능력을 가진 프로 야구 선수는 일본은 물론이고 전 세계를 통틀어도 결코 많지 않았다.

그런데 고작 고교야구 투수인 한정훈을 S등급이라 평가했을 때 사나다 감독을 비롯한 일본 대표팀 야수들은 웃었다.

한정훈의 견제 능력이 고교야구에서는 최정상급인 만큼 단단히 경계해야 한다는 의미 정도로만 받아들였다.

나스히로도 한정훈을 B등급과 A등급의 사이로 보았다.

다른 선수들이라면 몰라도 코시엔 최고의 주력을 갖춘 자신이라면 한정훈의 견제를 뚫고 충분히 2루를 훔칠 수 있을 것이라 여겼다.

루상에 나오기 전까지는 말이다.

하지만 지금은 달랐다.

'못 뛰어. 못 뛴다고.'

세 차례 연속 한정훈의 견제구 없는 견제에 걸려 귀루를 결심하면서 나스히로는 고개를 흔들어 댔다.

자신이 뛰려고 마음만 먹으면 귀신처럼 시간을 끄는데 꼭 개미지옥에 발을 들이미는 기분이었다.

그 께름칙한 기분을 털지 못하는 한, 전력으로 2루에 뛰어 봤자 살아남을 가능성은 희박했다.

"안 되겠어요."

나스히로가 1루 코치에게 말했다. 그러자 1루 코치가 이해한다며 고개를 끄덕이고는 더그아웃에 신호를 보냈다.

"허……."

사나다 감독의 입에서 헛웃음이 흘러 나왔다.

다른 선수도 아니고 믿었던 나스히로가 도루를 포기하다니.

이건 한정훈이 마운드에서 버티고 있는 이상 도루 사인은 무의미하다는 소리나 마찬가지였다.

'저 정도였나.'

사나다 감독은 새삼스러운 눈으로 한정훈을 바라봤다.

오늘 경기 전까지만 해도 그는 쇼타보다 한정훈이 낫다는 대다수 언론의 주장에 동의하지 않았다.

일본 언론들의 말처럼 한정훈의 쇼맨십이 쇼타를 잠시 앞지른 것뿐이라고 생각했다.

하지만 막상 눈앞에서 본 한정훈은 대단한 투수였다.

단단히 독기를 품고 공을 던지는 쇼타를 상대로 조금도 밀리지 않는 모습을 보여주었다.

게다가 첫 안타를 허용한 시점에서도 흔들리기는커녕 숨겨놓았던 또 다른 재능을 뽐내며 상대의 기를 꺾어버렸다.

애석하게도 저런 재능은…… 쇼타에겐 아직 없었다.

쇼타도 제법 견제 능력이 좋다는 평을 듣긴 하지만 한정훈처럼 주자를 꽁꽁 묶어 두지는 못했다.

아니, 아직까지 쇼타는 주자를 묶어두어야 할 필요성을 크게 느끼지 못하고 있었다.

한정훈의 견제에 나스히로의 발이 묶이면서 수비를 하는 내야수들도 여유가 생겼다.

나스히로의 리드 폭을 두 발, 아니, 한 발만 줄여놓아도 내야 땅볼 때 더블플레이가 만들어질 확률은 그만큼 늘어난다.

그런데 한정훈은 아예 나스히로의 리드 폭을 절반 이하로 묶어놓았다.

이런 상황에서 땅볼이 나온다면 나스히로가 아니라 그보다 더 빠른 선수라 하더라도 여유롭게 잡아낼 수 있었다.

내야수들이 여유를 가지면 상대 팀 더그아웃에서도 쉽게 작전을 내기가 어렵다.

투수가 투구하는 순간 내야수가 주자를 견제하기 위해 곧바로 움직이는 것과 타자의 타격까지 지켜본 다음에 여유롭게 움직이는 건 전혀 다른 결과를 만들어내기 때문이다.

"어떻게 할까요?"

수석 코치가 사나다 감독 옆으로 다가왔다.

나스히로의 도루가 어렵다면 1루 주자를 2루에 보내놓는 게 최선이었다.

"번트 사인 내세요."

사나다 감독이 어쩔 수 없이 작전을 바꿨다. 그러자 일본 중계진이 발칵 뒤집혔다.

−아……. 이런! 번트 사인이 나왔습니다.

−어쩔 수 없네요. 나스히로 선수, 발이 묶였잖습니까.

−저래선 안 돼요. 나스히로 선수. 지금 뭘 하는 겁니까. 팀의 1번이잖아요? 그러면 어떻게든 뛰려고 노력해야죠.

−사나다 감독의 본래 계획은 번트가 아니었겠죠?

−당연하죠. 일단 발 빠른 나스히로 선수가 2루를 훔치고 2번 스키자와 선수가 번트를 대면 1사 3루잖아요. 그다음에 장타 능력을 갖춘 료지 선수나 스키자카 선수가 단타를 쳐

줘도 선취 득점이니까 사나다 감독은 그걸 노렸겠죠.

　-아쉽네요. 지금 스키자와 선수가 번트를 대면 1사 2루인데요.

　-나스히로 선수의 소극적인 플레이가 팀을 망치고 있어요. 저 선수, 다시는 국가 대표에 선출되지 않았으면 좋겠습니다.

　일본 중계진은 도루조차 포기해 버린 나스히로를 맹비난했다. 반면 한국 중계진은 한정훈을 칭찬하느라 침이 마를 지경이었다.

　-저거죠. 저거예요. 역시 한정훈 선수. 한국의 에이스! 듬직하지 않습니까?

　-강선우 위원, 혼자만 감탄하지 말고 잘 모르시는 시청자분들을 위해 해설을 해주셔야죠.

　-아, 제가 그랬나요? 크흠, 죄송합니다. 지금 보시면 아시겠지만 한정훈 선수가 1루 주자를 꽁꽁 묶어버리면서 상대가 낼 수 있는 작전 여러 개를 차단해 버렸어요.

　-무사 주자 1루에서 작전이라면 런 앤드 히트가 가장 먼저 떠오르는데요.

　-네, 하지만 런 앤드 히트는 주자가 충분히 리드 폭을 벌

려놓아야 하죠. 배터리가 눈치채고 피치아웃을 하면 2루는 밟아보지도 못하고 횡사할 수 있으니까요.

─하지만 나스히로 선수의 리드 폭 자체가 좁으니 런 앤드 히트는 무리인 거 같은데요. 그럼 히트 앤드 런은 어떻습니까?

캐스터 강명제가 히트 앤드 런을 언급했다. 그러나 강선우는 이번에도 코웃음을 쳤다.

─그것도 마찬가지죠. 치는 순간 달리려면 스킵 동작이 좋아야 하는데 리드조차 제대로 벌리지 못하고 있는 나스히로 선수에게 무리한 요구입니다.

─어째서죠?

─타자가 공을 100퍼센트 쳐 낸다는 확신이 없잖습니까. 그래도 공을 맞춰내는 상황에 대비해서 주자는 최대한 2루쪽으로 움직여 줘야 하는데 리드 폭은 부족하고, 결국 그 부족함을 채우려고 무리하게 스킵해서 2루로 움직여야 한다는 부담감도 커질 테고요. 그러다 바깥쪽 패스트볼이 들어가기라도 하면…….

─포수 견제가 날아들겠네요.

─네, 이만호 선수. 타격 능력은 아직 부족한 편이지만 수비 하나만큼은 훌륭하니까요. 게다가 2루를 훔칠 능력이 충

분한 나스히로 선수를 주자로 놓고 런 앤드 히트나 히트 앤드 런 작전을 궁리해야 한다는 것 자체가 일본 팀의 패배나 마찬가지입니다.

　―그럼 결국 남는 작전은 번트뿐인가요?

　강명제가 마지막으로 번트를 언급했다.

　어찌 보면 가장 먼저 내뱉었어야 할 작전이지만 해설의 즐거움을 위해 일부러 가장 마지막에 꺼내 든 것이었다.

　그러나 강선우는 번트가 끝이 아니라고 말했다.

　―하나 더 있죠. 번트를 대는 척하면서 강공으로 전환하는 것도 가능하지 않겠습니까?

　―아! 페이크 번트 앤드 슬러시요?

　―네, 하지만 그것도 주자가 적극적으로 움직여 주면서 내야 수비를 흔들어 놓아야 하는데 그게 되지를 않고 있잖아요.

　―거기다 한정훈 선수 공이 그렇게 만만하지도 않고요.

　―그렇죠. 그래서 지금 일본 대표팀에서 내놓을 수 있는 작전은 정석대로 번트를 대는 것 밖에 없다는 점이죠.

　―아하, 그렇군요.

　―하지만 제 생각에는 말이죠……. 여기서 또다시 사고가

날 것 같습니다.

타석에 들어서서 번트 자세를 취하는 2번 타자 스키자와를 바라보며 강선우가 묘한 웃음을 흘렸다.

－이번 대회에서 월드컵 문어급 예측 능력을 뽐내고 계신 강선우 위원이 사고가 날 거라고 했는데요. 어디 한번 지켜보겠습니다.

강명제도 두 눈 똑바로 뜨고 한정훈과 스키자와의 대결을 지켜보았다.

이쿠에이고등학교의 1번 타자 자리를 도맡아 왔던 우쓰미 스키자와.

경기 초반에 언급하긴 했지만 그의 컨택 능력은 일본 프로 구단들조차 인정할 정도였다.

'강선우 위원이 지난번에 번트를 대려는 타자에게는 패스트볼을 던지는 게 최고라고 했으니까 아마 한정훈 선수도 패스트볼을 던질 텐데……. 160㎞/h에 가까운 공을 번트로 대는 건 어려우려나?'

강명제의 시선이 투구를 시작한 한정훈에게 향했다.

그 순간, 한정훈의 손끝에서 튕겨져 나간 공이 순식간에 포수 미트 속으로 빨려 들어갔다.

'와우!'

강명제가 냉큼 전광판을 바라봤다.

97mile/h(≒156㎞/h).

저 빠른 공이 타자의 몸 쪽을 파고들었다.

판정은 스트라이크.

스키자와가 질렸다는 듯 고개를 흔들어 댔다.

−대단하네요. 한정훈 선수. 어디 칠 테면 쳐봐라 하고 공을 던지는데 스키자와 선수, 방망이조차 대지 못하고 있습니다.

강명제가 냉큼 상황을 설명했다. 뒤이어 강선우가 한정훈에 대한 극찬을 늘어놓았다.

−두고 보세요. 곧 엄청 재미있는 일이 벌어질 테니까요.

강선우가 확신에 찬 목소리로 말했다. 그러나 아직까지 강명제는 강선우처럼 감이 오질 않았다.

'뭘까? 강선우 위원이 말한 재미있는 일이라는 게?'

기대 어린 강명제의 시선이 다시 한정훈에게 향했다. 한정
훈은 기다렸다는 듯이 2구를 힘차게 내던졌다.

퍼어엉!

이번에도 공은 타자의 몸 쪽을 파고들었다.

98mile/h(≒158km/h)의 포심 패스트볼.

스키자와는 그저 혀만 내두를 뿐이었다.

ㅡ투 스트라이크입니다. 대단하네요. 이제 더 이상 번트
작전을 시도하지는 못할 것 같은데요.

ㅡ그건 더 지켜봐야겠죠. 하지만 강공으로 전환한다고 해
서 뭐가 달라지겠습니까? 일본팀 입장에서는 나스히로를 어
떻게든 2루에 보내야 하니까요.

ㅡ그럼 쓰리 번트가 나온다는 말씀이십니까?

ㅡ저야 모르죠. 하지만 제가 감독이라면 아마도 다시 한
번 번트를 대라고 지시할 겁니다.

ㅡ어떻게 그렇게 확신하십니까?

ㅡ투수가 한정훈이니까요.

강선우의 단호함이 목소리를 타고 전해졌다. 하지만 강명
제는 그 단호함이 묘하게 거슬렸다.

'쓰리 번트라고? 초구와 2구는 건드려 보지도 못했는데 그게 과연 가능할까?'

강명제가 아는 야구 상식상 쓰리 번트가 일어날 확률은 없어 보였다.

스키자와가 번트를 성공시킬 것 같지도 않았지만 무엇보다 한정훈이 번트를 대줄 마음이 없었다.

이 상황에서 쓰리 번트라니. 강선우가 과한 예상을 한 것이라 여겼다.

그러나 한정훈의 손에서 빠져나간 3구가 홈 플레이트 앞에서 느려지면서 머뭇거리던 스키자와의 방망이가 정말로 움직였다.

'체인지업!'

강명제가 자리에서 벌떡 일어났다.

투 스트라이크를 잘 잡아놓고 여기서 체인지업이라니!

한정훈이 무슨 생각인지 이해가 가지 않았다.

그러나 마치 모든 걸 예상한 것처럼 마운드를 박차고 내려온 한정훈을 보면서 강명제는 이 모든 게 치밀하게 짜인 시나리오라는 사실을 깨달았다.

─한정훈 선수, 재빨리 포구합니다. 2루에서 포스 아웃! 그리고 1루에서 포스 아웃! 더블플레이! 여러분! 지금 강명제

캐스터가 얼이 빠져서 중계를 못하고 있습니다. 그래서 저 혼자 중계하는 점 양해 부탁드립니다.

멍하게 서 있는 강명제를 놀리듯 강선우가 깔깔거리며 떠들어 댔다.

그렇게 일본 측이 만들어낸 무사 1루 찬스는 허무하게 끝이 나고 말았다.

4

3번 타자 아베 료지를 삼진으로 잡아내면서 한정훈은 탈삼진을 10개로 늘렸다.

"후우……."

마운드에 올라선 쇼타가 무겁게 한숨을 내쉬었다.

그의 눈앞으로 한정훈이 만들어 놓은 역투의 흔적들이 들어왔다.

'대단한 놈이다. 정말.'

쇼타가 가볍게 고개를 흔들었다. 신경 쓰지 않으려 했지만 한정훈은 정말이지 괴물처럼 공을 던지고 있었다.

무사 1루 상황에서 주자를 묶어두고 번트를 대려는 타자를 더블플레이로 유도하는 게 과연 쉬운 일일까.

인정하고 싶지 않지만 인정할 수밖에 없었다.

단순히 마운드 위에서 공을 던지는 걸 제외한다면, 한정훈은 자신보다 더 나은 투수였다.

그래서 쇼타는 화가 났다. 좋은 투수라면 그만큼 좋은 인성을 갖추어야 옳았다.

하지만 한정훈이 모모코에게 한 짓은 오빠이기 이전에 여성 팬을 소중하게 여길 의무와 책임이 있는 야구인의 한 사람으로서 용서가 되지 않았다.

'끝까지 가 보자.'

쇼타가 신경질적으로 한정훈의 흔적들을 지워냈다. 그사이 타석에 1번 타자 박인우가 들어왔다.

'이번에도 삼진으로 잡아주지.'

쇼타는 오늘 경기에서 한정훈에게 결코 질 마음이 없었다.

승패는 물론이고 경기 기록 하나까지 한정훈을 이겨볼 생각이었다.

가장 걱정스러웠던 구속도 일단 동률을 맞췄다.

99mile/h.

한정훈이 미국전처럼 100mile/h을 던지지 않는 이상 구속으로 비교될 일은 없었다.

천천히 숨을 고르며 쇼타는 포수 요헤이의 사인을 기다렸다. 요헤이는 일본 고교야구 선수 중 최고의 포수 유망주로 평가받고 있었다.

공격력도 빼어나지만 투수를 편안하게 하는 리드 또한 일품이었다. 슬쩍 박인우의 자세를 훑은 요헤이가 몸 쪽으로 꺾여드는 슬라이더를 주문했다.

가볍게 고개를 끄덕인 뒤 쇼타가 재빨리 공을 던졌다.

후아앗!

빠르게 날아들던 공이 홈 플레이트 코앞에서 박민우의 몸 쪽을 파고들었다.

"후우………."

가까스로 방망이를 멈춘 박민우가 심판을 바라봤다.

"볼."

심판이 짧게 콜을 했다.

공을 돌려받은 쇼타는 무표정한 얼굴로 다음 사인을 기다렸다.

요헤이는 바깥쪽 패스트볼을 요구했다.

스트라이크를 잡고 가자는 이야기였다.

쇼타는 요헤이의 주문대로 정확하게 포심 패스트볼을 찔러 넣었다.

"스트라이크!"

심판이 기다렸다는 듯이 팔을 들어 올렸다.

볼카운트 1-1.

"후우……."

길게 숨을 내쉬며 박인우가 앞선 타석들을 복기했다.

첫 타석 때는 커브(S) – 패스트볼(B) – 슬라이더(S) 순서였다.

그리고 두 번째 타석 때는 체인지업(B) – 패스트볼(S) – 커브(S) 순서였다.

앞선 두 타석을 놓고 봤을 때 이번에는 스트라이크를 던질 가능성이 높았다.

그리고 구종은 변화구.

'체인지업.'

박인우가 질근 입술을 깨물었다.

그러나 요헤이는 박인우가 연달아 삼진을 당해서 열이 받은 것이라고만 여겼다.

요헤이가 보이지 않게 사인을 냈다.

구종은 체인지업. 코스는 바깥쪽 스트라이크.

쇼타는 군말 없이 요헤이가 원하는 공을 던졌다.

후아앗!

패스트볼처럼 빠르게 날아들던 공이 중간 지점부터 가라앉기 시작했다.

쇼타가 자랑하는 삼색 마구의 세 번째.

체인지업!

이 빠르고 낙폭이 큰 체인지업 앞에 수많은 타자의 방망이가 헛돌고 말았다.

그러나 체인지업이 들어오기만을 노리고 있던 상황이라면 이야기는 달랐다.

'걸렸어!'

박인우가 한 타이밍 늦춰 허리를 돌렸다.

목적은 유격수 키를 살짝 넘기는 안타.

따각!

방망이의 중심부 위쪽을 맞은 공이 박민우의 바람대로 떨어졌다.

"크아아아!"

어느새 1루를 밟은 박민우가 나스히로 이상으로 크게 포효했다. 그리고는 검지를 뻗어 한정훈을 가리켰다.

약속 지켰다.

음료수를 마시며 수분을 보충하던 한정훈이 자리에서 일어나 박수를 쳐 주었다.

나이스 배팅.

그렇게 한정훈에게 찾아왔던 무사 1루의 상황이 고스란히 쇼타 앞에 재현되었다.

"쇼타! 미안하다. 내 잘못이다."

마운드로 달려온 요헤이가 쇼타를 격려했다.

체인지업을 기다렸다가 완벽하게 쳐 냈다는 건 자신의 리드가 읽혔다는 소리나 마찬가지였다.

"괜찮아. 신경 쓰지 마."

쇼타가 애써 담담한 목소리로 말했다. 한편으로는 야구의 신이 얄궂다는 생각도 들었다.

어깨를 두어 번 돌리며 쇼타가 슬쩍 하늘을 올려다봤다.

한정훈은 이 위기를 가볍게 극복해 냈다. 그러니 쇼타 너도 같은 위기를 극복해 봐라.

왠지 야구의 신이 일부러 이런 상황을 만들어준 것 같았다.

'한정훈도 해냈다. 나라고 못할 건 없어.'

쇼타는 마음을 단단하게 먹었다. 그리고 세트 포지션으로 돌아가 1루 주자 박인우를 견제했다.

한국 대표팀 더그아웃에서는 도루하지 말라는 사인이 나왔다.

쇼타는 좌완이고 요헤이는 이번 대회 도루 저지율 8할대를 기록하고 있었다.

그러나 박인우는 쇼타의 견제가 크게 두렵지 않았다. 견제 동작이 뻔히 보였기 때문이다.

한 발, 두 발, 세 발, 네 발.

리드 폭을 넓히자 쇼타가 재빨리 견제구를 던졌다.

촤르르륵!

박인우가 반사적으로 1루로 몸을 날렸다.

흙먼지와 함께 뻗어 나간 손은 다행히도 1루수의 글러브보다 먼저 1루 베이스에 닿았다.

"후우, 죽을 뻔했네."

가슴팍에 묻은 흙을 털어내며 박인우가 너스레를 떨었다.

하지만 그것도 잠시.

쇼타가 공을 잡자 언제 그랬냐는 듯 과감하게 리드 폭을 벌려 나갔다.

한 발, 두 발, 세 발, 그리고 네 발!

'저 자식이!'

쇼타가 다시 견제구를 던졌다. 그러나 이번에도 박인우의 손이 1루 베이스를 먼저 짚었다.

'네 발은 신경 쓰인다 이거지? 그럼 조금 줄여볼까?'

박인우는 리드를 반걸음 정도 좁혔다. 그러자 쇼타의 표정이 고민스럽게 변했다.

박인우의 리드 폭을 조금이나마 줄인 것에 만족할 것인가.

아니면 박인우가 감히 2루를 훔칠 생각도 못하도록 계속해서 견제를 할 것인가.

그런 쇼타의 눈에 요헤이의 피치아웃 사인이 들어왔다.

'그래, 요헤이라면.'

애써 마음을 다잡은 뒤 쇼타가 빠르게 공을 던졌다.

후아앗!

쇼타의 손끝을 빠져나간 공이 오른쪽 배터 박스를 향해 날아들었다.

그러자 포수석에 앉아 있던 요헤이가 냉큼 몸을 빼내어 날아오는 공을 포구했다.

그리고 곧바로 1루를 향해 공을 던졌다.

'피치아웃!'

쇼타의 투구와 동시에 두 걸음이나 더 리드를 넓혔던 박인우가 이를 악물고 1루로 몸을 내던졌다.

촤라라락!

뿌연 흙먼지가 1루를 뒤덮었다.

그리고 잠시 후.

"세이프!"

1루심이 양팔을 벌렸다.

"아오, 진짜 죽을 뻔했네."

장난스럽던 박인우의 얼굴이 딱딱하게 굳어졌다.

쇼타의 견제 능력은 충분히 상대할 만했지만 벼락같이 날아드는 요헤이의 견제구는 상상 그 이상이었다.

"짜식, 무리하지 말라니까."

주루 코치를 겸하는 박진기 코치가 이맛살을 찌푸렸다.

박인우의 귀루가 조금만 늦었더라도 죽을 타이밍이었다.

그렇게 되면 경기는 다시 미궁 속으로 빠지고 말 것이다.

"감독님, 번트를 대는 게 어떨까요?"

박진기 코치가 박찬오를 바라봤다.

애당초 도루 사인이 나가지도 않았지만 요헤이라는 강견의 포수가 있는 한 단독 도루는 무리 같았다.

"그렇게 하세요."

박찬오가 고개를 끄덕거렸다.

어렵게 잡은 기회인만큼 최소한 득점권에 주자를 가져다 놓는 편이 나을 것 같았다.

더그아웃의 사인을 확인한 2번 타자 김인하가 헬멧을 매만졌다.

강속구를 던지는 쇼타를 상대로 번트를 댄다는 게 쉽지 않은 일이었지만 김인하의 표정은 큰 변화가 없었다.

반면 쇼타는 김인하의 등장에 이맛살을 찌푸렸다.

첫 타석과 두 번째 타석 모두 자신의 공을 정확한 타이밍에 공략했기 때문이다.

그런 김인하가 타석에서 번트 자세를 대자 쇼타의 머릿속이 또다시 복잡해졌다.

페이크 번트 앤드 슬러시일까, 아니면 진짜 번트를 대려는 것일까.

쇼타가 발을 풀고 로진 백을 집어 들었다.

그러자 요헤이가 홈 플레이트 앞으로 걸어 나와 내야수들에게 사인을 냈다.

번트 대비 수비.

페이크 번트 앤드 슬러시는 없다고 확신하는 모양이었다.

쇼타는 크게 고개를 끄덕거렸다. 그리고 투수판을 밟은 채 요헤이의 사인을 기다렸다.

요헤이는 초구에 몸 쪽에 바짝 붙는 패스트볼을 요구했다.

'한정훈처럼 던져라 이건가?'

쇼타가 피식 웃었다.

누군가를 따라하는 취향은 없었지만 그 상대가 한정훈이라고 생각하니 거부감이 사라지는 기분이었다.

후앗!

쇼타는 요헤이의 주문대로 몸 쪽 깊숙이 포심 패스트볼을 찔러 넣었다.

퍼엉!

구종과 코스를 확인한 김인하가 냉큼 방망이를 거둬들였다.

이런 공에 방망이를 가져다 대봐야 원하는 번트 타구를 만들어내기 어려웠다.

그런데 다소 애매한 코스를 두고 심판이 스트라이크를 선언했다.

"이게 스트라이크라고요?"

김인하가 억울하다며 항변했다. 그러나 심판의 표정은 달라지지 않았다.

"인하야! 신경 쓰지 말고 집중해! 알았지?"

3루에 나가 있던 최인섭이 홈 플레이트 근처까지 다가와 김인하를 다독였다.

한국 대표팀이 맞이한 첫 번째 기회였다. 여기서 김인하가 제대로 번트를 대줘야 득점할 수 있는 가능성을 높일 수 있었다.

"하아……."

김인하가 뜨겁게 달아오른 숨을 내뱉었다. 그리고 다소 경직된 얼굴로 번트 자세를 취했다.

쇼타와 요헤이 배터리는 그 틈을 놓치지 않았다.

후아앙!

또다시 몸 쪽 패스트볼을 집어넣으며 투 스트라이크를 만든 것이다.

2구의 코스는 초구와 거의 비슷했다.

그러나 초구를 스트라이크로 잡아준 탓에 이번에도 구심은 스트라이크를 선언해 버렸다.

"젠장할!"

김인하의 입에서 절로 욕지거리가 터져 나왔다.

투 볼이 되어야 할 상황이 투 스트라이크로 변해 버렸으니 짜증이 치미는 것도 무리는 아니었다.

타석 밖에서 한참 동안 분을 삭이던 김인하가 이내 3루 코치 최인섭을 바라봤다.

그러다 최인섭의 사인을 확인하고는 깜짝 놀랐다.

번트.

앞서 두 번의 기회를 날렸는데도 더그아웃에서는 김인하를 한 번 더 믿어보기로 결정을 내린 것이다.

'좋아. 이번에는 기필코 번트를 댄다!'

김인하가 질근 입술을 깨물며 타석에 들어섰다. 그 순간 쇼타가 몸 쪽으로 꺾이는 슬라이더를 던졌다.

쇼타-요헤이 배터리는 쓰리 번트는 없다고 확신했다.

그래서 조급해진 김인하의 방망이를 끌어내기 위한 유인구를 꺼내 들었다.

하지만 김인하가 번트 자세 그대로 방망이를 밀어내면서

배터리의 표정이 달라졌다.

따각.

3유간으로 공이 흐르는 걸 확인한 김인하가 곧장 1루로 내달렸다.

푸시 번트라 타구의 속도를 줄이지는 못했지만 운이 따랐는지 코스가 좋았다.

"젠장!"

투구 후 1루 쪽으로 몸이 기울었던 쇼타는 냉큼 방향을 바꿔 타구를 쫓았다.

뒤이어 요헤이가 포수석을 박차고 뛰어 나왔지만 타구는 먼저 쇼타의 손에 들렸다.

하지만 회전이 강하게 먹은 타구는 쇼타의 손에 한 번에 잡히지 않았다.

그사이 박인우가 2루를 향해 헤드 퍼스트 슬라이딩을 감행했다.

"퍼스트!"

2루는 늦었다고 판단한 요헤이가 1루에 던지라고 주문했다.

그러나 쇼타의 시선은 2루에 고정된 채 움직이지 않았다.

'잡을 수 있다!'

실밥이 아슬아슬하게 손가락 끝에 걸리자 쇼타가 2루를 향해 있는 힘껏 공을 던졌다.

후아앙!

빠르게 날아간 공이 정확하게 2루 쪽으로 날아들었다. 하지만 2루수의 움직임이 송구를 따라가지 못했다.

2루는 늦었다고 판단하고 방심하고 있다가 갑작스럽게 날아든 쇼타의 강속구 송구를 놓치고 만 것이다.

"뛰어!"

공이 빠지는 걸 확인한 최인섭이 있는 힘껏 소리쳤다.

2루 주자 박인우와 1루 주자 김인하가 동시에 3루와 2루를 향해 내달렸다.

뒤늦게 중견수가 공을 잡았지만 무사 2, 3루가 되는 걸 막지는 못했다.

"좋아! 좋아!"

한정훈이 자리에서 벌떡 일어나 양팔을 들어 올렸다.

박인우가 1루에 묶일 때만 해도 선취점을 내는 게 쉽지 않겠다고 생각했는데 이런 기회가 찾아올 줄은 몰랐다는 반응이었다.

반면 쇼타는 착잡함을 감추지 못했다.

2루수가 공을 놓치지만 않았더라면 좋았을 텐데. 아니, 애당초 요헤이의 말을 듣고 1루로 던졌더라면 좋았을 텐데.

때늦은 후회가 머릿속을 떠나질 않았다.

"쇼타, 잊어버려."

요헤이가 마운드로 다가와 쇼타를 다독거렸다.

쇼타의 심정을 모르는 바는 아니지만 아직 실점을 한 건 아니었다.

"후우……. 그래!"

쇼타가 애써 마음을 다잡았다.

무사 2, 3루라고 해서 무조건 실점을 하는 건 아니었다.

한정훈은 무사 만루 상황에서도 무실점으로 위기를 넘겼다.

'전부 삼진으로 잡는다. 전부.'

쇼타는 독하게 마음을 먹었다. 그리고 매서운 눈으로 타석에 들어선 강동수를 노려봤다.

강동수는 특유의 실실거리는 얼굴로 쇼타를 자극했다.

특히나 루상에 주자가 들어서 있으면 강동수의 웃음은 더욱 짙어졌다.

쇼타도 이죽거리는 강동수의 표정이 마음에 들지 않았다.

무사 2, 3루만 아니라면 옆구리에 공을 맞춰서 잔뜩 인상을 찌푸리는 모습을 보고 싶을 정도였다.

'침착하자.'

천천히 숨을 고르며 쇼타가 요헤이의 사인을 기다렸다.

바깥쪽으로 빠지는 슬라이더.

작전이 나올지도 모르니 공 하나 정도를 빼 보자는 이야기였다.

쇼타는 요헤이의 요구대로 예리한 슬라이더를 던졌다.

파앗!

스트라이크존을 살짝 벗어난 공이 요헤이의 미트 속으로 빨려 들어갔다.

하지만 요헤이의 예상과는 달리 2루 주자와 3루 주자는 별다른 움직임이 없었다.

마치 강동수에게 모든 걸 맡기기라도 하겠다는 것처럼 말이다.

'혹시 모르니까 한 번 더 빼 보자.'

요헤이는 2구째 바깥쪽 높은 패스트볼 사인을 냈다.

기습적으로 작전이 걸리더라도 강동수가 쉽게 공략할 수 없는 코스였다.

연속해서 볼을 요구했지만 쇼타는 군말 없이 요헤이의 미트 속에 공을 집어넣었다.

파앙!

포구 소리만 요란할 뿐 이번에도 주자들의 움직임은 없었다.

타석에 선 강동수도 고개를 한 번 갸웃거리고는 헬멧을 고쳐 썼다.

'뭐야? 정말 타자에게 맡긴다는 거야? 이 기회를?'

요헤이는 순간 어이가 없었다.

강동수가 한국 타자들 중에서 타격 능력이 좋다고는 하지만 쇼타에게는 단 하나의 안타도 뺏어내지 못하고 삼진만 두 번 당했다.

그런데 강동수를 믿고 가겠다니. 너무 무모한 판단이었다.

어쩌면 한국팀 코칭스태프들은 강동수에게 큼지막한 외야 플라이를 기대하는 것인지도 몰랐다.

하지만 외야 플라이라는 것도 공을 제대로 맞춰내야만 만들어지는 것이다.

쇼타의 공에 헛방망이질만 하던 강동수에게 외야 플라이를 기대하느니 차라리 기습 번트를 주문하는 게 훨씬 효과적이었다.

'볼카운트가 몰렸으니까, 빠르게 승부하자.'

요헤이는 3구째 바깥쪽 커브를 주문했다. 첫 타석과 두 번째 타석 때 강동수가 바라만 봤던 구종이었다.

가볍게 고개를 끄덕인 뒤 쇼타가 각이 큰 커브를 선보였다.

그런데…….

"왔다!"

별안간 강동수가 번트 자세를 취하더니 떨어지는 커브 공에 방망이를 가져다 댔다.

따각!

방망이 중심부에 정확하게 맞은 공이 1루 쪽으로 흘렀다.

쇼타가 다급히 공을 잡았지만 3루 주자 박인우는 어느새 홈으로 슬라이딩을 하고 있었다.

"퍼스트!"

요헤이가 크게 소리쳤다.

"젠장할!"

쇼타가 악을 내지르며 1루를 향해 공을 던졌다.

−스퀴즈입니다! 스퀴즈 플레이가 나왔습니다!

−박찬오 감독, 허를 찌르는 작전을 펼쳤네요.

−정말 대단합니다. 강동수 선수가 공 2개를 지켜볼 때까지만 해도 그런 낌새가 전혀 없었는데요.

−볼카운트가 투 볼이 됐기 때문에 박찬오 감독도 승부수를 던진 거겠죠.

−조금 더 자세히 말씀해 주시죠, 강선우 위원님.

−간단합니다. 투 볼과 쓰리 볼은 느낌이 다르거든요. 투수 입장에서는 더 궁지에 몰리기 전에 스트라이크를 던질 수밖에 없었던 겁니다.

−강동수 선수가 선구안이 좋으니까 유인구를 던지는 건 무리였겠죠?

−네. 강동수 선수는 기다릴 줄 아는 타자거든요. 투 볼에서 유인구다 싶으면 스트라이크 판정을 받아도 안 치는 타자죠.

−그걸 칭찬으로 하신 말씀이신지 살짝 헷갈리긴 하지

만…… 어쨌든 강동수 선수의 성향을 파악한 상대 배터리가 스트라이크를 잡으러 들어올 거로 확신했다는 이야기죠?

–그렇죠. 게다가 강동수 선수가 패스트볼에 강점을 보이니까요. 안전하게 스트라이크를 하나 잡고 가겠다는 생각으로 커브를 던졌는데 한 가지를 간과해 버렸죠.

–쇼타-요헤이 배터리가 간과했다는 그게 뭡니까?

–강동수 선수, 1학년 때 2번 쳤거든요.

–아……! 작전 수행 능력이 좋은 선수들이 주로 기용된다던 그 2번 타순에요?

–네, 지금은 살이 쪄서 예전만 못하겠지만 어쨌든 강동수 선수, 번트 잘 댑니다.

한국 중계진의 극찬을 받으며 강동수가 1루 더그아웃으로 들어왔다.

"나이스 번트!"

"잘했어! 짜샤!"

선수들이 마치 홈런 타자를 반기듯 강동수의 헬멧을 두드렸다.

그렇게 거친 환호를 뚫은 강동수가 마지막으로 한정훈과 하이파이브를 했다.

"이제 됐지? 어차피 철민이 자식은 죽을 테니까 신경 쓰지 말고 완봉 가자. 오케이?"

강동수가 오늘 대회의 해결사는 자신이라는 듯 거들먹거리며 말했다. 그 소리를 듣기라도 한 것일까.

따악!

황철민이 흔들리는 쇼타의 초구를 노려 쳐 큼지막한 외야 플라이를 만들어냈다.

강동수의 번트 때 3루에 들어갔던 김인하가 태그 업. 천천히 홈으로 들어왔다.

이로써 점수는 2 대 0.

"됐다!"

"이겼어!"

한국 대표팀 더그아웃이 더욱 들썩거렸다.

반면 일본 대표팀 더그아웃은 침통한 표정이었다.

2루수가 기록한 실책 하나가 이런 결과로 이어질 줄은 미처 생각하지 못한 모양이었다.

ㅡ쇼타 선수. 5번 타자 박기완 선수를 삼진으로 돌려 세우며 이닝을 마무리 짓습니다. 조금 아쉽고…… 한편으로는 좀 억울한 이닝이었는데요.

ㅡ하아……. 오늘 경기. 어렵겠네요.

ㅡ아직 8회와 9회 공격이 남아 있지 않습니까?

-인정하고 싶지 않지만 한정훈 선수. 오늘 잘 던지고 있어요.

-8회는 4번 스키자카 선수부터 시작하니까……

-야구는 흐름의 스포츠입니다. 그 흐름을 스키자카 선수가 깨 준다면 좋겠지만 솔직히 크게 기대하긴 힘드네요.

-오늘 스키자카 선수가…… 한정훈 선수에게 삼진 2개를 당했군요.

-7회 초 공격 때 나스히로 선수가 2루를 훔쳐 줬어야 했습니다. 그때 이쪽으로 가져올 흐름을 놓친 게 결정적입니다.

일본 중계진도 침울하긴 마찬가지였다.

특히나 해설자는 이례적으로 한정훈에 대한, 탐탁찮은 칭찬까지 해대며 일본 대표팀의 패배를 예견했다.

그리고 일본 해설자의 예상은 적중했다.

한정훈은 8회 초 4, 5, 6번 세 타자를 범타로 돌려세웠다.

어떻게든 점수를 만회하겠다며 크게 방망이를 휘두르는 일본 대표팀 타자들 덕분에 투구 수는 6개밖에 되지 않았다.

8회에도 마운드에 오른 쇼타 역시 역투를 이어 나갔다.

6번 타자 하석우는 2루수 땅볼.

7번 타자 정지운은 1루 파울 플라이.

8번 타자 이만호는 삼진.

"후우……."

탈삼진 숫자에서 한정훈에 1개 앞서 가기 시작했지만 마운드를 내려오는 쇼타의 표정은 밝지 않았다.

9회 초 일본 대표팀이 2점 이상을 뽑아내지 못한다면 이대로 경기는 끝나고 만다.

9회 말에 다시 마운드에 오를 기회조차 박탈당하게 되는 것이다.

'빌어먹을!'

더그아웃 벤치에 주저앉은 쇼타는 수건으로 얼굴을 가렸다.

오늘만큼은 이기고 싶었는데.

뜨거워진 눈시울이 기어코 눈물을 토해냈다.

그때였다.

"쇼타, 아직 울지 마라. 에이스로서 마지막까지 경기를 지켜봐라!"

사나다 감독이 단호한 목소리로 말했다.

에이스에게는 지켜야 할 품격이라는 게 있다.

승패에 연연해 나약한 모습을 보이는 건 에이스로서 자격 미달이었다.

"울지 않습니다!"

쇼타가 크게 소리쳤다.

그리고 수건으로 얼굴을 훔친 뒤 벌게진 눈으로 경기를 지켜봤다.

7번 타자 요헤이는 한정훈을 상대로 8구까지 가는 접전 끝에 삼진을 당했다.

어떻게든 쇼타를 돕고 싶었던 그는 헛스윙을 한 뒤에 목이 찢어져라 비명을 내질렀다.

8번 타자 노부히로는 4구째 쓰리 번트 아웃으로 물러났다.

일본 팀 더그아웃에서 특별히 작전이 나오진 않았지만 노부히로는 자신이 가장 자신 있는 번트 플레이로 출루를 하려고 몸부림쳤다.

그 모습이 쇼타를 다시 한 번 울컥하게 만들었다.

9번 타자 히사요시는 초구를 공략했다.

바깥쪽 패스트볼을 밀어 쳐 3유간으로 흘려보냈지만 유격수의 수비가 좋았다.

히사요시는 1루에 해드 퍼스트 슬라이딩까지 해대며 살려고 노력했다.

그러나 판정은 아웃. 그렇게 어느 때보다 처절했던 일본의 9회 초, 마지막 공격이 끝나 버렸다.

"나이스 플레이!"

비록 패배했지만 쇼타는 자리에서 일어나 히사요시에게 박수를 보냈다.

시커먼 흙으로 뒤덮인 히사요시의 야구복을 보니 도저히

가만히 앉아 있을 수가 없었다.

비단 히사요시뿐만이 아니다. 일본 대표팀 선수들 중에 야구복이 깨끗한 선수는 단 한 명도 없었다. 그걸 쇼타는 이제야 발견했다.

'다들 이렇게 열심히 싸워줬는데 나는…….'

쇼타는 치미는 눈물을 되삼켰다. 그리고 애써 웃었다.

팀을 위해, 그리고 마운드를 지키는 자신을 위해 이렇게 열정적으로 싸워준 동료들에게 차마 못난 모습을 보이고 싶지 않았다.

그런 쇼타의 진심이 통한 것일까.

"잘했어, 쇼타!"

"미안하다. 다음에는 기필코 한 방 쳐 줄게."

"누가 뭐래도 너는 우리 팀의 에이스야!"

선수들도 애써 웃으며 쇼타를 위로했다.

그 모습을 지켜보던 사나다 감독이 묵묵히 고개를 끄덕거렸다.

패배는 쓰리지만, 그보다 더 값진 걸 얻은 기분이었다.

세계 청소년 야구 선수권 대회 마지막 날 경기.

한국 대표팀이 일본 대표팀을 상대로 2 대 0, 완봉승을 거두었다.

경기가 끝나고 한정훈이 기자회견장에 등장하자 사방에서 플래시 세례가 터졌다.

"정훈아, 웃어. 웃어야 해. 여기서 인상 찌푸리면 그걸로 신문에 실릴 거다."

서재훈이 활짝 웃으며 한정훈에게 겁을 주었다.

덕분에 한정훈도 입가를 억지로 일그러뜨리며 힘겨운 미소를 유지할 수 있었다.

약 5분여간의 플래시 폭탄이 끝나고서야 박찬오와 서재훈, 한정훈은 자리에 앉을 수 있었다.

하지만 그렇다고 해서 마음을 놓을 수 있는 건 결코 아니었다.

"그동안 기자회견장에 모습을 드러내지 않았는데요. 이유가 있습니까?"

가장 먼저 마이크를 잡은 미국 기자가 날선 질문을 해댔다. 미국 기자가 원하는 대답은 단 한 가지. 바로 메이저리그와 관련된 이야기였다.

그러나 어느 정도 예상된 질문이었기 때문에 한정훈은 사전에 연습한 대로 그럴듯한 변명을 늘어놓았다.

"일본에서 경기할 때 저더러 쇼맨십이 지나치다는 말들이 많아서요. 이번 대회에는 자중하려고 했습니다."

한정훈이 쇼맨십에 대해 지적당한 건 거짓말이 아니었다.

일본의 보수 언론들은 물론이고 한국의 일부 언론사들조차 한정훈을 야구 아이돌로 표현하는 경우가 많았다.

실력으로 인정받고 싶어 하는 야구 선수의 입장에서 멀끔한 외모와 특이한 행동으로 구설수에 오르는 건 결코 반가운 일이 아니었다.

그래서 한정훈도 프로에 가기 전까지는 불필요한 기자회견을 삼가고 싶었다.

메이저리그 구단들의 관심이 쏟아지지 않았더라도 말이다.

그러나 미국 기자가 그런 한정훈의 속사정을 알아줄 리 없었다.

"그 이유가 전부입니까?"

"네."

"다른 이유가 있는 것으로 아는데요?"

"그럴 리가요. 없습니다."

미국 기자의 집요한 추궁에도 한정훈은 모르쇠로 일관했다.

실제 대회가 시작된 이후로 신문은 물론 인터넷조차 보지 않았으니 메이저리그 구단들의 뜨거운 러브콜을 체감하지 못하는 상황이었다.

그러자 보다 못한 또 다른 미국 기자가 동료의 마이크를 빼앗고 질문을 이어 나갔다.

"한 가지만 묻겠습니다. 메이저리그 구단 중에서 평소 좋아하던 구단이 있습니까?"

미국 기자의 영악한 질문에 사방에서 환호가 쏟아졌다.

이런 가벼운 질문이라면 얼마든지 한정훈의 속내를 끄집어 낼 수 있다고 여긴 것이다.

만약 한정훈이 평범한 고등학생이었다면, 대수롭지 않게 입을 열었을 것이다.

그러나 코치까지 해본 한정훈이 미국 기자의 속셈을 모를 리 없었다.

"예전부터 다저스의 야구를 자주 보고 있습니다."

한정훈의 입에서 다저스가 나오자 해당 지역의 기자가 두 손을 번쩍 들었다.

하지만 한정훈의 이야기는 아직 끝나지 않았다.

"그리고 레인저스, 파드리스, 메츠, 필리스, 양키즈, 파이어리츠도 관심 있게 지켜보고 있습니다."

단순한 기자들은 한정훈이 다수의 구단을 목적지로 두고 있다고 생각했다.

그보다 조금 더 짬이 있는 기자들은 한정훈이 한국 선수들이 활약하는 팀들을 고른 것이라고 추측했다.

그러나 단 한 명, 미국 야구 기자들 중에서도 최고의 베테랑으로 통하는 설리반은 달랐다.

"혹시 옆에 앉은 박찬오 감독이 거쳤던 팀들을 언급한 게 맞나요?"

설리반의 질문에 한정훈이 씩 웃었다.

굳이 대답은 필요 없었다. 존경 어린 눈으로 박찬오를 바라본 것만으로도 모든 수수께끼는 풀린 것이나 다름없었다.

"뭐야? 그런 거였어?"

"제길, 좋다 말았네."

한정훈의 관심을 받았던 구단 측 기자들이 하나같이 미간을 찌푸렸다.

다른 기자들도 한정훈의 태도가 진지하지 못하다며 불만을 드러냈다.

하지만 설리반의 생각은 달랐다.

하이에나 같은 기자들을 상대로 이토록 위트 넘치는 답변을 늘어놓는다는 건 결코 쉬운 일이 아니었다.

한정훈이 박찬오를 동경하고 있다는 건 익히 알려진 사실이었다.

하지만 대부분 어린 선수가 그렇듯 우상의 전성기 적 시절만 기억하는 경우가 많았다.

가장 화려했을 때. 가장 강했을 때.

그렇게 되기까지 피나는 노력을 했으며 정상에서 추락하지 않으려고 끊임없이 발버둥 쳤다는 사실을 제대로 기억하는 이들은 드물었다.

하지만 한정훈은 달랐다.

가장 화려했던 다저스 시절부터 불운했던 텍사스 시절, 재기하려고 발버둥을 쳤던 파드리스와 필리스 시절, 핀 스트라이프에 대한 동경으로 입단한 양키스 시절까지.

박찬오의 모든 시절을 전부 마음속에 담고 있는 것 같았다.

그래서 설리반은 한정훈이 마음에 들었다.

언론에 큰 사랑을 받는 선수가 될 것 같지는 않지만, 최소한 팬들에게 좋은 추억으로 남을 선수가 될 것 같은 느낌이었다.

그렇다고 해서 기자라는 사실까지 망각하고 한정훈을 묵묵히 응원하고 싶은 생각은 없었다.

"마이크를 잡은 김에 박찬오 감독에게 질문 하나 하겠습니다. 한정훈 선수에 대한 메이저리그의 관심이 뜨겁습니다. 만약에 한정훈 선수가 메이저리그에 진출한다고 한다면, 어느 리그가 좋을 것 같습니까?"

설리반이 어수선하던 기자회견장의 분위기를 다시 팽팽하게 만들어 놓았다.

한정훈이 대답하지 못한다고 해서 포기하는 건 기자가 아니었다.

한정훈의 주변을 잘 찾아보면 한정훈에게 직간접적으로 조언해 줄 수 있는 이가 많았다.

그중에서도 박찬오는 한정훈을 직접 발굴했다는 평을 받고 있었다.

박찬오의 조언이 절대적일 수는 없겠지만 최종적인 판단에 어느 정도 영향은 끼칠 가능성이 높았다.

"흠……. 글쎄요. 워낙에 많은 전화를 받아서 어떻게 말을 해야 할지 모르겠습니다."

박찬오가 능청스럽게 말을 받았다.

농담이 아니라 오랜 시간 몸을 담았던 다저스는 물론 레인저스와 파드리스, 양키즈에 이르기까지 인연이 닿은 모든 구단에서 전화를 해오는 상황이었다.

대부분이 안부성 전화였지만 박찬오가 그 목적을 모르진 않았다.

하지만 지금 상황에서 박찬오가 할 수 있는 말은 간단했다.

"다만…… 언제가 될지는 몰라도 한정훈 선수를 데려갈 팀은 많은 돈을 준비해야 할 겁니다."

박찬오가 씩 웃었다.

그의 한마디에 스몰 마켓 구단의 기자들이 울상을 지어야 했다.

6

기자회견 도중에 MVP 선정 결과가 나왔다.

만장일치로 선택된 선수는 한정훈.

그 소식이 기자회견장에도 전해졌다.

기자들은 특별히 놀라지 않았다.

너무나 당연한 결과이다 보니 솔직히 다른 수상자를 예측하는 이들조차 없었다.

예선 라운드 쿠바전 5이닝 무실점.

슈퍼 라운드 미국전 9이닝 1실점.

결승전 일본전 9이닝 무실점.

우승 후보로 꼽히는 세 팀을 홀로 격파한 투수는 한정훈이 유일했다.

뿐만 아니라 개인 기록 또한 압도적이었다.

평균 자책점 부분 1위 0.39(23이닝 1실점).

최다 승리 부분 1위 3승.

최다 탈삼진 부분 공동 1위 36개.

승률 부분 1위 100%.

한정훈은 투수에게 주어지는 모든 기록을 싹쓸이했다.

탈삼진 부분에서 쇼타와 동률을 이루었지만 이닝당 평균 탈삼진 숫자는 한정훈이 우위에 있었다.(한정훈 K/IP=1.56 / 쇼타 K/IP=1.38)

유일한 대항마였던 쇼타가 결승전에서 무너지면서 적어도 투수들 중에서 한정훈의 적수는 없었다.

타자들 중에서는 그나마 미국의 마이크 샌더스가 8개의 홈런을 때려내며 두각을 드러냈지만 정작 미국팀이 5위에 그치면서 MVP 선정 때 호명조차 되지 못했다.

이토록 압도적인 MVP는 세계 청소년 야구 선수권 대회를 뒤집어 봐도 없다시피 했다.

그래서일까. 기자들은 너무나 당연한 수상을 한 한정훈에게 불필요한 축하 인사를 건네지 않았다.

대신 어떻게든 한정훈의 입에서 기삿거리가 흘러나오도록 쉴 새 없이 미끼를 내던졌다.

그중에서도 한 일본 기자의 질문이 한정훈의 심기를 건드렸다.

"쇼타 선수가 7회에 일부러 허술한 플레이를 펼쳤다는 주장이 있습니다. 어떻게 생각하나요?"

마이크를 잡은 일본 기자가 담담한 얼굴로 물었다.

일반적인 질문을 하는 것처럼 굴었지만 그의 이름표에 적힌 신케이 신문이라는 소속이 다른 꿍꿍이가 있다는 사실을 넌지시 드러내 주었다.

일본 우익을 대표하는 신케이 신문.

지난 한일 고교야구 대항전 때도 쇼타를 배신자로 몰아가던 그 신문사에서 또다시 쇼타 죽이기에 나선 것이다.

"제 기억에 쇼타 선수는 허술한 플레이를 펼친 적이 없습니다."

한정훈이 논란 자체를 일축했다.

물론 쇼타의 과욕과 2루수의 안이한 대처가 맞물려 실책이 나오긴 했지만 그걸 고의적인 허술한 플레이라고 단정 짓는 건 말도 안 되는 소리였다.

"그렇다면 쇼타 선수의 부족한 점이 무엇이라고 생각합니까?"

일본 기자가 다시 물었다.

이번에도 평범한 질문을 하는 것처럼 굴었지만 한정훈의 대답을 악의적으로 조작하려는 속셈이 뻔히 보였다.

"쇼타 선수는 한국 대표팀 타선을 8이닝 동안 2실점으로 막았습니다."

한정훈이 이해할 수 없다는 표정을 지었다. 그러자 일본 기자가 냉큼 말을 붙였다.

"그래도 패배했습니다."

"그렇게 따지면 이번 대회에서 패배한 모든 투수가 전부 실력 없는 투수가 되어야 하는 겁니까?"

한정훈이 언성을 높이자 기자회견장이 술렁였다.

사석에서야 자국팀 선수를 얼마든지 씹어댈 수는 있어도 타국 선수에게 자국팀 선수를 비난해 달라고 주문하는 건 확실히 매너가 아니었다.

"그렇다면 다시 묻겠습니다. 실력이 뛰어난 쇼타 선수가 한정훈 선수에게 왜 패배했다고 생각합니까?"

일본 기자가 굴하지 않고 질문을 바꿨다.

어떻게든 한정훈을 통해 논란을 만들어내겠다는 굳은 의지마저 엿보였다.

"정훈아."

옆에 앉아 있던 서재훈이 고개를 흔들어 댔다.

감정적으로 대응하지 마라. 농간에 넘어가지 마라.

그의 눈동자가 한정훈을 어르고 달랬다.

그러나 이미 열이 받아버린 한정훈은 기어코 마이크를 잡았다.

"나는 쇼타 선수를 이긴 적이 없습니다. 결승전에서 이긴 건 한국 대표팀이고 패배한 건 일본 대표팀입니다. 내가 선발투수로 나왔다고 해서 한국 대표팀의 승리가 나의 승리가 되는 건 아닙니다. 반대로 쇼타가 일본 선발로 나왔다고 해서 일본 대표팀의 패배가 쇼타의 패배인 것도 아니죠. 선발투수는 누구보다 막중한 책임감을 가지고 마운드에 오릅니다. 그런데 경기의 결과를 무작정 선발투수에게 책임 지우려 한다면 어느 누가 기꺼운 마음으로 마운드에 오를 수 있겠습니까!"

한정훈의 일갈이 기자회견장을 쩌렁하게 울렸다.

그리고 잠시 후, 수많은 기자가 한정훈을 향해 진심 어린 박수를 보냈다.

모든 선발투수를 위한 변명.

그저 울컥해 내뱉었던 한정훈의 한마디가 잘 포장되어 세계 각국으로 퍼져 나갔다.

자연스럽게 한정훈의 인지도도 한층 더 높아졌다.

24장
특별 선발 제도

1

출국 전날.

지이잉.

한창 짐을 꾸리던 한정훈의 핸드폰이 가볍게 울렸다.

"누구지?"

핸드폰을 확인한 한정훈이 고개를 갸웃거렸다.

액정 화면 위로 라인 메시지가 왔다는 알람이 떠올라 있었다.

지난번 단체 채팅방을 나온 이후로 단 한 번도 알람이 나타난 적이 없었는데 말이다.

한정훈은 혹시나 하는 마음에 라인을 켰다. 그리고 신규 메시지 창을 확인했다.

정훈 님. 모모코예요. MVP를 받으신 거 축하해요. 그리고 오빠를 좋게 말씀해 주셔서 너무 감사해요. 직접 찾아뵙고 감사 인사를 하고 싶지만 한국에 갈 수가 없어서 메시지로 대신 보냈어요. 혹시 방해가 됐다면 미안해요.

"오랜만이네."

메시지를 확인한 한정훈이 피식 웃었다. 어쩌면 모모코일지도 모른다고 생각했는데 역시나 모모코였다.

한정훈은 엄지를 움직여 친구 추가 버튼을 눌렀다. 그리고 여유롭게 모모코에게 답장을 보냈다.

축하해 줘서 고마워 모모 쨩. 그리고 너무 고마워하지 않아도 괜찮아. 쇼타가 좋은 투수인 건 사실이니까.

일부 한국 기자들은 쇼타가 라이벌로 엮이는 게 불쾌하지 않느냐고 말했다.

그러나 한정훈은 쇼타와의 경쟁 관계가 좋았다. 실제로도 쇼타에게 적잖은 자극을 받고 있었다.

한정훈이 여기까지 올 수 있었던 것은 여러 가지 운이 따라 준 결과였다.

과거로 돌아온 건 기적에 가까운 일이니 운으로 치부할 수는 없었다.

하지만 16년간 프로 생활을 포함해 수십 년간 야구인으로 살아온 경험과 기억, 노하우를 가지고 과거로 돌아와서 박찬오를 만나고 김미영을 만나고 서재훈을 만나고 강혁을 만난 건 분명 행운이었다.

물론 박찬오를 비롯한 조력자들을 만나지 못했더라도 한정훈은 과거보다 더 나은 투수가 되기 위해 노력했을 것이다.

하지만 홀로 노력한 결과가 세계 청소년 야구 선수권 대회 MVP로 이어질지는 장담하기 어려웠다.

그런 점에서 한정훈은 쇼타의 재능이 부러웠다.

과거에서 회귀하지 않았어도, 수많은 조력자가 없더라도 쇼타는 과거나 지금이나 일본을 대표하는 투수로 자리 잡고 있었다.

순수하게 자신의 능력으로 말이다.

확신하긴 어렵지만 동년배의 동양인 야구 선수들 중 쇼타의 실력은 최고일 것이다.

그래서 한정훈은 쇼타를 의식했다. 쇼타를 기준으로 한 걸음, 아니, 두 걸음 이상 앞서가자고 마음먹었다.

과거로 돌아와 이렇게 복에 겨운 야구를 하면서 고작 쇼타와 동등해질 수는 없는 노릇이었다.

 가능하다면 쇼타가 평생 쫓아도 따라잡히지 않을 선수가 되고 싶었다.

 쇼타가 과거처럼 일본 프로 리그를 씹어 먹고 메이저리그에 진출해서 아시아를 대표하는 좌완 투수로 성장하더라도 말이다.

 쇼타가 최소한 과거와 비슷한 성적을 낼 수 있도록 한정훈역시 좋은 자극제가 되고 싶었다.

 그것이 과거로 회귀해 쇼타의 자리를 빼앗은 자신이 할 수있는 최소한의 도리라고 여겼다.

 하지만 순진한 모모코는 그런 한정훈의 시커먼 속내를 전혀 몰랐다.

 그저 한정훈이 호의로 쇼타를 두둔했다고만 여겼다.

 아니에요. 정훈 님 덕분에 가족들도 전부 기뻐하고 있어요. 오빠도 내색하지는 않지만, 정훈 님에게 정말 고마워할 거예요.

 "쇼타가?"

 한정훈은 순간 웃음이 났다. 다른 사람은 다 고마워하더라도 쇼타가 자신에게 고마움을 느낄 것 같진 않았다.

쇼타가 모모코 같으면 참 좋을 텐데. 남매가 성격이 달라서 아쉽다.

한정훈이 짓궂게 답장을 보냈다. 그런데 갑자기 화면이 바뀌더니 단체 채팅방으로 전환이 되었다.

한정훈은 놀란 눈으로 채팅 인원을 살폈다.

모모코, 자신, 그리고…….

"쇼, 쇼타?"

한정훈이 뜨악한 표정을 지었다.

그런 한정훈의 표정을 보기라도 한 듯 모모코가 냉큼 상황을 설명했다.

미안해요. 정훈 님. 오빠가 옆에서 보고 있어서 어쩔 수 없었어요.

잠시 망설이던 한정훈이 대화방을 나가기 위해 손가락을 움직였다.

그러자 쇼타가 귀신처럼 메시지를 날렸다.

날 모욕해 놓고 이대로 나갈 생각 마라.

"모욕은 개뿔."

한정훈은 피식 웃으며 자판 쪽으로 손가락을 옮겼다.

그렇지 않아도 쇼타와는 한 번 이야기를 해보고 싶다는 생각을 하던 차였다.

하지만 썸을 타는 남녀 사이도 아니고 함께 땀을 흘리는 팀 동료도 아닌 상황에서 오가는 대화가 아름다울 리 없었다.

매너 없게 동생 채팅이나 훔쳐보다니. 실망이네.

훔쳐본 게 아니다. 눈에 보였을 뿐이다.

핑계 한 번 좋다.

핑계라니! 나는 핑계를 대지 않는다.

그럼 못 본 척하면 되잖아. 왜 단체 채팅방으로 들어온 건데?

너에게 묻고 싶은 게 있어서 모모에게 부탁했다.

묻고 싶은 것? 나에게?

그래. 너 지금 교제 중인 여자가 있는 거냐?

"뭔 소리야?"

뭔가 진지한 질문을 기대했던 한정훈의 입에서 절로 헛웃음이 터져 나왔다.

그만큼 뜬금없는 질문이었다.

여자 친구라도 소개시켜 준다면 또 모르겠지만 쇼타의 이미지상 주변에 여자가 많을 것 같지도 않았다.

그러는 너는? 여자 친구가 있나 보지?

여자 친구라니. 난 프로에 가기 전까지 야구에만 전념하기로 목표를 세웠다.

그건 나도 마찬가지다.

그렇다면 지금 여자 친구가 없다는 이야기인가?

그래. 그리고 당장은 여자 친구를 만들 생각도 없어.

한정훈이 냉큼 답을 보냈다.

대화를 지켜보고 있는 모모코를 위해서라도 명확하게 해 둘 필요가 있다고 여겼다.

흐음. 그런가. 당장은…… 인가.

같은 야구인이다 보니 쇼타도 묘하게 납득하는 투였다.
하지만 옆에 있는 모모코에게 뭔가 언질을 받은 듯 다시
대화를 이어갔다.

혹시 연상이 취향인 거냐?

연상? 좋은 사람이라면 상관없지 않나?

그건 나와 같군.
아니다. 나는 연하가 좋다. 절대로.

그건 네 취향이고.

어쨌든 지금처럼 모모 짱하고 자주 대화해 주기 바란다. 다른 남
자라면 불가하지만…… 너는 특별히 예외다.

쇼타가 서둘러 대화를 마무리 지으려 했다. 그러면서 은연
중에 모모코와의 교제를 인정하는 것처럼 굴었다.
"일본 스타일은 원래 이런가?"

한정훈은 쇼타의 특별 대우를 대수롭지 않게 넘겼다.

그렇다고 모모코에게 없던 관심이 생기는 건 아니지만 쇼타처럼 앞뒤 꽉 막힌 녀석에게 인정받는 것도 나쁘진 않았다.

네가 이런 식으로 끼어들지 않는다면, 그럴 생각이다.

좋다. 남자 대 남자로 약속 지켜라. 지난번처럼 도망치면 가만있지 않겠다.

지난번에는…… 대회 준비 때문에 정신이 없었다. 모모 짱에게는 미안하게 생각하고 있다.

잠시 고심하던 한정훈이 선의의 거짓말을 했다.

그 부분은 모모코도 충분히 이해하고 있다.

쇼타가 모모코를 대신해 답을 주었다.

"다행이네."

한정훈은 마음이 편해졌다.

그렇지 않아도 지난 일에 대해 모모코에게 사과를 해야 하나 고민하고 있었는데 쇼타가 끼어든 덕분에 잘 해결된 기분이었다.

그것은 쇼타도 마찬가지인 모양이었다.

참. 너는 어째서 슬라이더를 익히지 않는 거지? 설마 그립을 모르는 거냐?

모모코의 대변인 노릇이 끝나자 쇼타가 본격적으로 야구 이야기를 꺼내 들었다.

설마 슬라이더 그립을 모르겠냐. 다만 던지는 게 불편할 뿐이야.

야구 이야기가 시작되면서 자연스럽게 말투가 거칠어졌다. 하지만 한정훈도 쇼타도 그 사실을 조금도 인지하지 못했다.

제발. 사이좋게 지내주세요.

모모코가 가끔씩 중재하듯 메시지를 올렸지만 소용없었다.

오히려 그녀의 소심한 목소리는 한정훈과 쇼타의 열띤 대화에 금세 묻혀 버렸다.

그렇게 캐나다에서의 마지막 밤을 쇼타와 함께 보낸 한정훈은 비행기에 오르기가 무섭게 숙면에 빠져 들 수 있었다.

2

세계 청소년 야구 선수권 대회라서일까. 입국장 앞에는 제법 많은 기자가 모여 있었다.

"한정훈 선수!"

"여기 좀 봐 주세요!"

선수들 중 마지막으로 한정훈이 들어오자 기자들이 기다렸다는 듯이 몰려들었다.

"귀찮게스리."

한정훈이 살짝 미간을 찌푸렸다. 자신이 MVP를 받았기 때문에 기자들의 관심을 받는 것이라고 오해했다.

그러나 정작 기자들이 쏟아내는 질문들은 한정훈의 예상을 완전히 빗나가 버렸다.

"특별 선발 제도가 시행됐는데요. 첫 번째 대상자로서 소감이 어떻습니까?"

"11구단과 12구단 모두 한정훈 선수를 노리고 있는데요. 한정훈 선수는 어느 구단과 계약에 임할 생각이십니까?"

일방적으로 마이크를 들이밀며 제 할 말만 쏟아내는 기자들의 취재 열기에 한정훈은 정신이 하나도 없었다.

만약 한정훈이 과거로 되돌아온 게 아니었다면 무슨 상황인지조차 이해하지 못하고 동문서답을 늘어놓았을 터였다.

하지만 다행히도 한정훈은 기자들의 질문을 통해 돌아가는 상황을 금세 알아챘다.

'그러니까 특별 선발 제도가 시행됐다는 이야기인데. 11구단과 12구단이라니? 제도가 달라진 건가?'

한정훈의 기억 속 특별 선발 제도는 제2의 안성민이 나오는 걸 방지하자는 취지하에 만들어졌다.

그래서 야구계에서는 속칭 안성민 방지법으로 불렸다.

당시 협회에서는 실력은 있지만 졸업생 신분이 아닌 아마추어 선수들의 프로 진출을 원활하게 하기 위해 제도를 개선했다고 밝혔다.

그러나 실제로는 유망주를 묶는 법으로 변질되었다.

프로 구단에서 너 나 할 것 없이 1차 지명을 포기하고 유망주들을 선점해 버린 결과였다.

한정훈도 내심 특별 지명 제도가 시행되면 11구단을 창단 중인 정한그룹에서 자신을 선점할 것이라고 여겼다.

그런데 기자들이 하는 말은 달랐다.

11구단뿐만 아니라 12구단에서도 자신에 대한 지명권을 행사할 수 있도록 제도가 달라진 모양이었다.

어쩌면 11구단이 행사해야 할 우선 지명권이 우선 협상권으로 바뀌었을지도 모를 일이었다.

그때였다.

"한 선수! 잠깐만 이것 좀!"

기자들 틈바구니 속에서 최일식이 길게 접힌 쪽지를 들이밀었다.

얼추 안면을 트고 있던 터라 한정훈은 냉큼 쪽지를 받아들었다.

그 안에는 오늘 아침에 통과된 특별 지명 제도에 대한 핵심 내용이 담겨 있었다.

'역시.'

빠르게 메모된 내용을 훑은 한정훈이 피식 웃었다.

예상대로 11구단이 가져간 건 우선 지명권이 아니라 우선 협상권이었다.

말인즉 11구단에서 마음에 들지 않는 계약 조건을 들이밀 경우 1년을 쉴 필요 없이 곧바로 다른 구단과 협상을 할 수 있다는 이야기였다.

'이래서 야구 선수는 야구를 잘하고 봐야 한다니까.'

한정훈은 터져 나오려는 웃음을 억지로 참아냈다.

한일 고교야구 대항전에 이어 세계 청소년 야구 선수권 대회에서도 MVP를 차지한 덕분에 다른 구단들도 욕심을 부리기 시작한 모양이었다.

하지만 수많은 기자가 지켜보는 가운데 그런 속내를 드러낼 순 없었다.

최일식도 혹시라도 한정훈이 실수할까 봐 메모 말미에 잘 모르겠다는 말로 적당히 얼버무리라는 충고를 적어두었다.

"죄송합니다. 이제 막 귀국해서 정신이 하나도 없습니다. 자세한 이야기는 다음에 드리겠습니다."

한정훈은 기자들에게 양해를 구하고 선수들과 합류했다. 선수들도 한마음이 되어 한정훈을 에워쌌다.

"한정훈 선수!"

"한마디만 해줘요!"

기자들이 끝까지 따라붙었지만 미리 마련된 버스까지 올라타지는 못했다.

"후우……."

힘겹게 뒷자리에 올라탄 한정훈이 질렸다며 고개를 절레절레 흔들어 댔다.

하지만 기대감으로 젖어든 그의 눈동자는 남몰래 활짝 웃고 있었다.

3

간단하게 청소년 야구 대표팀 해단식을 한 뒤에 한정훈은 박찬오를 따라 베이스 볼 61으로 향했다.

박찬오가 운영하는 베이스 볼 61에는 선수들의 계약을 지원해 주는 부서도 마련되어 있었다.

"한정훈 선수, 반가워요. 진짜 팬입니다."

박찬오의 친동생이자 베이스 볼 61의 공동 대표이자 실질적인 실무를 담당하는 박찬영이 한정훈을 반갑게 맞았다.

"아, 네. 감사합니다."

한정훈은 살짝 얼떨떨한 표정이었다.

그저 적절한 도움을 기대했는데 박찬영이 직접 나올 줄은 미처 예상하지 못한 것이다.

그러자 박찬오가 냉큼 상황을 설명했다.

"지금 놀고 있는 건 찬영이뿐이라서 찬영이가 나온 거니까 부담 갖지 마라. 알았지?"

"그럼요. 한정훈 선수, 오해하지 않으셨으면 좋겠습니다."

박찬영도 매니지먼트 계약을 위해 나온 게 아니라는 사실을 명확하게 했다.

그러면서도 나중에 매니지먼트가 필요할 때가 되면 한번 생각해 달라는 귀여운 부탁을 잊지 않았다.

"일단 이게 협회에서 보내온 특별 지명 제도에 관한 내용입니다. 그리고 여기에 한정훈 선수가 특별 지명 제도를 잘 살펴볼 수 있게 별도의 자료를 준비했습니다."

박찬영이 얇은 파일 하나와 두툼한 파일 하나를 한정훈 앞에 내놓았다.

얇은 파일 안에는 특별 지명 제도의 내용이 프린트되어 있었다.

하지만 중간 중간에 협회의 조항들이 언급되다 보니 KBO와 KBA 간의 규약을 꿰고 있지 않다면 한 번에 이해하기가 불가능했다.

그렇다고 박찬영이 따로 준비한 두툼한 내용들을 전부 읽고 싶지도 않았다.

"그냥…… 알아듣게 설명해 주시면 안 될까요?"

한정훈이 멋쩍게 웃으며 박찬영을 바라봤다.

그러자 박찬영이 기다렸다는 듯 두꺼운 파일을 한쪽으로 밀쳐 냈다.

"어느 정도는 알고 있겠지만 일단 기본적인 내용부터 설명하자면……."

박찬영은 한정훈의 눈높이에서 특별 선발 제도를 쉽게 설명해 주었다.

다행히도 기본적인 내용들은 한정훈이 기억하는 것과 크게 다르지 않았다.

다만 몇 가지 핵심적인 부분에 있어서 차이를 보였다.

첫째는 특별 선발 지명이 가능한 구단.

한정훈의 기억대로라면 신생팀에게 우선 지명권이 주어져야 했다.

신생팀이 2개 이상일 경우 먼저 창단을 신청한 팀이 우선권을 가져가도록 되어 있었다.

그런데 신생팀을 포함해 모든 구단이 지명권을 행사할 수 있도록 제도가 바뀌었다.

신생팀에게는 그저 우선 협상권이라는, 이름뿐인 우선권을 쥐어준 채 말이다.

"이렇게 불리한 조건을 11구단 측에서 왜 받아들였죠?"

한정훈이 이해할 수 없다는 표정을 지었다.

우선 협상권은 강제성이 없다. 더 좋은 조건을 제시하는 구단과 선수가 계약하는 걸 막을 수가 없었다.

그러자 박찬영이 그럴 수밖에 없었던 사정을 설명했다.

"이 제안을 받아들이지 않으면 우선 지명을 전부 포기해야 하는 상황에 몰렸거든요."

"우선 지명을 전부 다요?"

"네, 한두 명도 아니고 4명이나 되는 우선 지명권을 포기하느니 우선 협상권을 손에 쥔 겁니다. 그만큼 한정훈 선수의 가치가 높아졌다는 의미이기도 하고요."

9구단인 창원 다이노스와 10구단 수원 위즈는 창단 첫해에 각 2명씩 우선 지명권을 행사했다.

그리고 추가로 보호 선수 20명 이외의 선수 1명씩을 각 구단으로부터 수혈 받았다.

문제는 보호 선수가 20명밖에 되지 않는다는 점이다.

가뜩이나 신생 구단에 많은 혜택을 주는데 거기다 즉시 전력감까지 내줘야 한다는 사실 때문에 대부분의 구단이 우려의 목소리를 냈다.

그 결과 11구단과 12구단 창단을 기점으로 제도가 바뀌었다.

구단별 보호 선수의 수를 26명으로 늘리는 대신 신생 구단에게 주어지는 우선 지명권을 4장으로 상향 조정한 것이다.

퓨처스 리그 없이 곧바로 1군 무대에 합류해야 하는 11구단과 12구단의 입장에서는 군말 없이 조정안을 받아들였다.

연말에 2차 드래프트가 예정되어 있고 용병 제도도 손질이 진행 중인만큼 기존 구단의 선수들을 무리해서 자극할 필요가 없다고 판단한 것이다.

그런데 한정훈이 등장하면서 기존 구단들이 잘 차려지던 밥상을 엎어버렸다.

제2의 류현신이 될 것이라는 기대를 훌쩍 뛰어넘어버린 한정훈을 신생 구단이 우선 지명권 한 장으로 날름 삼켜 버리는 꼴을 두고 볼 수 없었던 것이다.

그렇게 몇 차례 파행을 거듭하던 특별 지명 제도는 우선 지명권을 우선 협상권으로 변경하는 것으로 마무리가 되었다.

회의장 분위기만 놓고 보자면 올해 안에 답이 나올 것 같지 않았지만 그렇게 될 경우 한정훈이 메이저리그로 곧바로 진출해 버릴지도 모른다는 부담감이 구단들의 마지못한 양보를 강요했다.

우선 지명권이 우선 협상권으로 바뀌면서 기존의 계약 기간과 해외 진출 자격 요건도 크게 낮아졌다.

KBO의 규정상 고등학교 졸업 후 프로에 진출한 선수의 서비스 타임(FA 자격을 취득할 수 있는 최소한의 필요 기간)은 최소 9년.

해외 진출 자격 요건은 최소 7년이었다.

그러나 특별 지명 제도로 지명되는 선수를 해외 진출 가능성이 충분한 유망주로 한정짓는 만큼 FA 자격 연한과 해외 진출 자격 연한을 조정해야 한다는 의견이 많았다.

투표 결과 FA 자격 연한은 기존보다 2년을 줄인 7년으로 결정이 났다.

기존의 FA 자격 연한을 고교 졸업생 8년, 대학 졸업생 7년으로 조정하기로 한 점을 미리 반영한 결과였다.

파격적인 것은 해외 진출 자격 연한이었다.

기본 5년에 국제 대회 참가 실적에 따라 그 기간을 단축시킬 수 있도록 손질해 놓았다.

"확언하긴 아직 이르지만 프로에 가서도 지금처럼 활약하신다면 5년까지 기다릴 필요 없이 빠르면 3년, 늦어도 4년

안에는 해외 진출 자격을 받아내실 수 있을 것 같습니다."

박찬영이 들뜬 목소리로 말했다.

한정훈이 한시라도 빨리 해외 진출 자격을 확보해 메이저 리그로 뛰어들길 바라는 눈치였다.

하지만 한정훈은 덤덤히 고개만 끄덕거렸다.

기존의 8년/6년이었던 제도가 7년/5년으로 줄어든 건 무척이나 고무적인 일이었다.

하지만 그 제도를 활용하기 위해서는 프로에서도 좋은 활약을 펼쳐야 했다.

아직 프로에 들어가지도 못한 상황에서 벌써부터 앞서 갈 필요는 없었다.

그보다는 특별 지명을 하려는 구단들과 제대로 협상하는 게 먼저였다.

"아무래도 지금 집에 돌아가시면 엄청 곤란하실 것 같으니까…… 필요하시다면 여기 사무실을 얼마든지 쓰십시오. 숙식도 제공해 드리겠습니다."

설명을 끝마친 박찬영이 다시 한 번 호의를 베풀었다.

그렇지 않아도 마땅한 협상 장소가 없었던 한정훈은 냉큼 고개를 끄덕였다.

"이 은혜, 언제고 꼭 갚겠습니다."

한정훈이 박찬영을 바라보며 말했다.

나이가 어린 자신을 우습게 여기지 않고 최고의 고객으로 상대해 준 박찬영의 태도가 마음에 들었다.

그러자 박찬영이 그 말을 기다렸다며 환하게 미소 지었다.

"절대 부담 갖지 않으셔도 됩니다. 다만 나중에 저에게도 한 번쯤 기회를 주십시오. 그것이면 족합니다."

기회만 준다면 실력으로 인정받겠다.

박찬영의 대답이 한정훈을 더욱 흡족하게 만들었다.

4

베이스 볼 61에서 한정훈 선수의 특별 지명 협상 장소를 무상으로 제공하였습니다. 여러 구단 관계자들의 넓은 이해 바랍니다.

박찬영이 보낸 단체 문자가 전 구단에 전달됐다.

"뭐야? 베이스 볼 61이라니요?"

"혹시 박찬오 감독이 개입한 거 아닐까요?"

한정훈의 오피스텔과 부모님 자택 앞에서 진을 치고 있던 구단 관계자들이 이맛살을 찌푸렸다.

한정훈이 11구단과 쉽게 계약을 맺지 못하도록 어떻게든 입질을 넣을 생각이었는데 계획이 수포로 돌아가고 말았다.

반면 다른 구단의 견제에 발만 동동 구르던 정한그룹 박현수 총괄 팀장은 가슴을 쓸어내렸다.

"한정훈 선수가 어디 이름 모를 섬으로 끌려가면 어쩌나 했는데 다행이네."

"그래도 쉽지 않겠는데요. 베이스 볼 61이면 박찬오 감독 회사잖아요."

"그렇긴 해도 박 감독이 직접 개입하지는 않을 거야. 쓸데 없이 걱정부터 하지 말고 일단 부딪쳐 보자고."

한정훈과의 계약과 관련해 전권을 위임받은 박현수 팀장은 곧장 베이스 볼 61을 찾았다.

미리 방문하겠다는 연락을 넣은 덕분에 한정훈도 집에 돌아가지 않고 기다리고 있었다.

"한정훈 선수, 반갑습니다. 박현수입니다."

"아, 네. 박 팀장님. 지난번 광고 촬영 때 뵀죠?"

"역시, 훌륭한 선수시다 보니 기억력도 좋으시네요. 맞습니다. 오늘은 스톰즈 단장 권한 대행으로 한정훈 선수를 찾아왔습니다."

11구단은 한정훈의 기억과 동일하게 스톰즈라는 구단명을 사용하기로 결정했다. 연고지는 안양이었다.

"단장 권한 대행이시면 단장이 되시겠네요?"

한정훈이 놀란 눈으로 물었다. 프로 구단의 단장이 되기에 박현수는 상당히 젊어 보였다.

그러자 박현수가 멋쩍게 웃으며 말했다.

"한정훈 선수가 도와주신다면, 가능할 것도 같습니다."

최정한 회장의 전폭적인 지지로 총괄팀장에서 단장 대행으로까지 승격했지만 아직 갈 길은 멀었다.

한정훈을 비롯해 구단이 체크해 놓은 주요 유망주의 대부분을 영입해야만 별 탈 없이 단장 자리에 앉을 수 있었다.

그런 점에서 한정훈 영입은 스톰스뿐만 아니라 박현수에게도 사활이 걸린 일이었다.

한정훈이 대의적인 측면에서 스톰스에 들어와 줘야 다른 선수들의 영입도 수월해질 터였다.

"혹시 생각하시는 계약 조건이 있으십니까?"

박현수가 먼저 입을 열었다.

본래라면 구단 측에서 먼저 가이드라인을 제시했겠지만 12개 구단 전체가 몰려든 상황이다 보니 감히 그럴 엄두가 나지 않았다.

그러나 조금 전에 입국한 한정훈이 계약에 대해 진지하게 생각해 놓았을 리 없었다.

"그거……. 제가 말해야 하는 건가요?"

한정훈이 살짝 눈가를 찌푸렸다. 그러자 박현수 팀장이 정중하게 고개를 숙였다.

"죄송합니다. 상황이 상황인지라 결례를 범했습니다. 하지만 저희 입장도 조금은 이해해 주셨으면 좋겠습니다. 한정훈 선수도 후회 없는 선택을 하려면 모든 구단의 조건을 들어봐야 할 텐데, 저희가 초반에 모든 걸 공개하면 불리해질 수밖에 없으니까요."

박현수 팀장이 솔직한 속내를 밝혔다.

우선 지명권이 우선 협상권으로 변경된 순간부터 스톰즈에 유리한 건 없다시피 했다.

오히려 먼저 패를 까보여야 한다는 부담감만 컸다.

물론 모두가 깜짝 놀랄 만한 파격적인 조건을 제시할 수 있다면 우선 협상권만으로도 충분히 한정훈을 잡을 수는 있었다.

다만 한정훈이 중요하게 여기는 게 무엇인지 파악되지 않은 탓에 쉽게 말을 꺼내기가 어려웠다.

"뻔한 이야기겠지만 스톰즈에서는 한정훈 선수가 원하는 걸 최대한 맞춰드릴 의향이 있습니다. 계약금뿐만 아니라 군 복무 및 해외 진출과 관련해서도요."

박현수 팀장이 한정훈의 눈치를 살피며 말을 이어 갔다.

그러다 순간 반짝 하는 한정훈의 눈빛을 보고 주먹을 힘껏 움켜쥐었다.

'있다, 있어. 던진 것 중에 하나가 있어!'

박현수 팀장은 속으로 가슴을 쓸어 내렸다.

한정훈이 자신의 제안에 눈 하나 까딱하지 않으면 어쩌나 걱정했는데 다행히도 관심을 끌 만한 걸 던진 모양이었다.

그리고 한정훈이 관심을 보인 게 무엇인가도 어렵잖게 알아챘다.

'해외 진출을 노리는 선수라면 당연히 군복무가 걸리겠지.'

박현수 팀장이 슬그머니 가슴을 폈다.

한정훈이 군복무를 신경 쓴다면 구단 차원에서 그 문제를 해결해 주는 게 인지상정이었다.

"내년에 자카르타 아시안 게임이 있다는 거 알고 계실 겁니다. 대표팀이 구성되면 아마 각 구단마다 미필 선수들이 최소 한 명씩은 포함될 겁니다. 그때 한정훈 선수가 대표팀에 합류할 수 있도록 전폭적으로, 아니, 최우선적으로 지원하겠습니다."

박현수 팀장이 곧장 승부수를 꺼내 들었다.

초반에 한정훈의 마음을 사로잡지 못한다면 기회는 없다고 판단했다.

다행히도 박현수 팀장의 카드가 통했다.

애써 평정심을 유지해 왔던 한정훈도 눈빛이 흔들릴 수밖에 없었다.

'거의 다 넘어왔어!'

박현수 팀장은 속으로 쾌재를 내질렀다. 하지만 감히 그 감정들을 겉으로 드러내진 못했다.

이번 협상의 칼자루를 쥐고 있는 건 변함없이 한정훈이었다.

한정훈을 기분 나쁘게 만들 수 있는 그 어떠한 것도 조심하고 또 조심해야만 했다.

"잠깐…… 생각 좀 해보겠습니다."

한정훈은 애써 들뜬 마음을 다잡았다.

아시안 게임 대표팀 엔트리 보장이라니. 이건 확실히 구미가 당기는 제안이었다.

물론 구단이 최우선적으로 밀어준다 하더라도 무조건 아시안 게임 엔트리에 포함된다는 법은 없었다.

변수는 많았다. 지독한 부진이나 갑작스러운 부상, 달라진 팀 내부 사정, 국가 대표라는 자리가 병역 회피의 도구로 악용되고 있다는 부정적인 여론.

대표팀 최종 엔트리에 제 이름을 확인하기 전까지는 감히 마음을 놓을 수가 없었다.

대표팀에 승선한다 하더라도 변수는 또 남아 있었다.

바로 성적.

우승을 해서 금메달을 따내지 못한다면 병역 혜택도 물 건너가고 만다.

이처럼 야구 선수가 병역 혜택을 받는다는 건 결코 간단한 일이 아니었다.

하지만 적어도 스톰즈를 선택한다면 아시안 게임 대표팀 엔트리에 들어가는 게 상대적으로 수월해질 것 같았다.

기존 구단에는 병역 문제를 신경 써줘야 할 선수들이 한두 명씩은 있었다.

그들을 제쳐 두고 언제 해외로 진출할지 모를 한정훈에게 아시안 게임 대표팀 엔트리를 내준다는 건 쉽지 않은 일이었다.

반면 스톰즈는 달랐다. 신생 구단이다 보니 프랜차이즈 스타가 없었다.

선수들을 수급하는 과정에서 당장 군문제가 시급한 선수가 들어올 수는 있겠지만 그렇다고 구단이 특별히 신경을 써줄 이유는 없었다.

그보다는 차라리 한정훈이라는 선수를 팀의 간판스타로 대우하는 편이 훨씬 실속이었다.

'문제는 계약서상에 명시가 되느냐는 건데…….'

한정훈이 슬쩍 박현수 팀장을 바라봤다. 그러자 박현수 팀장이 짐짓 여유롭게 웃어 보였다.

"천천히 생각하셔도 됩니다. 시간은 충분하니까요. 참고로 저는 날을 샐 각오를 하고 왔습니다. 한정훈 선수만 괜찮다면 말이죠."

농담이 아니라 박현수 팀장은 한정훈과 마라톤협상을 벌일 마음으로 베이스볼 61을 찾아왔다.

박현수 팀장만이 아니라 스톰즈의 주요 관계자 대부분이 사무실에서 대기 중이었다.

한정훈과의 계약에 필요한 부분을 즉각적으로 지원하기 위해서였다.

그만큼 박현수 팀장과 스톰즈 구단은 한정훈의 영입을 최우선 목표로 삼고 있었다.

그래서 한정훈이 긍정적인 답변을 줄 때까지 재촉하지 않고 기다리기로 마음먹은 것이다.

그런데 정작 한정훈의 표정이 살짝 굳어졌다. 그렇다고 박현수 팀장의 대응이 마음에 들지 않은 건 아니었다.

아이러니하게도 박현수 팀장의 과한 배려 덕분에 한정훈은 애써 잊고 있었던 과거의 기억들을 떠올리게 됐다.

과거, 한정훈이 FA 자격을 취득한 건 입단 후 10년이 됐을 때였다.

8년 간 1군에서 선발투수로 버틴 덕분에 커리어보다 기회가 빨리 찾아왔다.

하지만 FA를 맞이한 시점이 좋지 않았다.

시장에는 수많은 선발투수가 쏟아졌다.

에이스감은 드물었지만 팀 내 하위 선발은 충분히 가능하다는 평가를 받는 투수만 10명이 넘었다.

한정훈은 자신도 그들과 충분히 경쟁이 가능하다고 판단

했다.

그래서 1년 더 기다려 보라는 주변의 만류를 뿌리치고 과감하게 FA를 신청했다.

하지만 대박은 아니더라도 중박 정도는 터뜨릴 줄 알았던 FA 시장은 한정훈에게 크나큰 상처만 남겨주었다.

우선적으로 이야기가 오갔던 소속 구단에서는 한정훈에게 더 이상 선발 기회를 줄 수 없다고 말했다.

선발투수로 뛰고 싶으면 다른 구단을 알아보라고 노골적으로 굴었다.

그들의 고압적인 태도 속에서 지난 8년간 선발의 한 축을 담당했던 투수에 대한 고마움과 배려는 눈곱만큼도 찾아보기 어려웠다.

자존심이 상한 한정훈은 자리를 박차고 다른 구단들과 협상을 시작했다.

그러나 다른 구단의 대답도 크게 다르지 않았다.

대부분 선발투수 한정훈에 대해 부정적이었다.

그나마 일부 구단에서 경쟁에서 살아남는다는 전제하에 선발 기용이 가능하다는 답을 주었다.

하지만 그 대가로 계약 조건을 대폭 후려쳤다.

수도권의 모 구단은 선발로 뛰고 싶으면 1+3년 계약을 맺자고 제안했다.

지방의 모 구단은 계약금 없이 연봉에 옵션 계약만 달자고
했다.

그 당시 한정훈이 받은 충격은 어마어마했다.

8년 동안 선발로 64승을 거두었지만 그걸 높게 평가해 주
는 구단은 단 한 곳도 없었다.

그렇게 시장의 냉정함을 체감하고 다시 돌아온 한정훈에
게 소속 구단이 잔인한 말을 던졌다.

"천천히 생각해 봐요. 시간은 충분하니까."

구단 관계자는 생애 최초이자 마지막일지 모를 FA 계약인
만큼 심사숙고해야 하지 않겠냐며 웃었다.

그러나 그의 눈빛은 냉담하기 그지없었다.

시간을 끌어봐야 달라질 게 없다. 그러니 군말 말고 구단의
제안을 받아들여라. 이 자리를 박차고 나가면 너만 손해다.

대놓고 말을 하진 않았지만 눈빛만으로도 그 속내가 짐작
이 될 정도였다.

결국 한정훈은 선발에 대한 미련을 접었다.

구단에서도 그에 따른 보상으로 금전적으로 조금 더 신경
써주겠다고 말했다.

그러나 실제 계약 조건은 한정훈의 기대치를 한참이나 벗
어나 있었다.

계약 기간 3년에 총액 15억.

계약금 5억과 연봉은 2억 5천만 원, 옵션 2억 5천만 원이 더해진 금액이었다.

계약 조건에 따라 한정훈은 불펜으로 이동했다. 그러다 운 좋게 마무리투수로 반짝 활약하게 됐다.

한정훈은 자신에게 제2의 전성기가 찾아온 것이라고 여겼다.

마무리투수로 3년을 더 버티고 나서 제대로 된 대우를 받 겠다며 이를 악물었다.

하지만 결과는 씁쓸했다.

구위 저하와 연속 블론 세이브로 마무리 보직에서 쫓겨난 뒤 필승조로, 다시 추격조로, 그러다 다른 팀으로 이적하는 신세가 되고 말았다.

그렇게 두 차례 더 이적을 한 뒤 한정훈은 미련 없이 옷을 벗어야 했다.

두 번째 FA는 없었다. 당연히 FA 대박은 남의 이야기였다.

첫 FA 계약 때의 충격 때문에 이후의 연봉 협상에서도 구 단의 제안에 발끈조차 하지 못하고 질질 끌려다녀야 했다.

그런데 이 자리에서 또다시 그 이야기를 듣게 되니 기분이 괜히 우울해졌다.

"한정훈 선수, 혹시 어디 불편하십니까? 혹시 피곤한데 제 가 시간을 빼앗고 있는 건가요?"

한정훈의 표정이 어두워지자 박현수 팀장이 호들갑을 떨

었다.

옆에 앉아 있던 직원은 구급차를 부르겠다며 핸드폰까지 꺼내 들었다.

베이스 볼 61에 의료진이 상시 대기 중인데도 말이다.

"아니요. 괜찮습니다. 그냥 별생각이 다 들어서요."

한정훈이 애써 웃어넘겼다.

그렇다고 과거에 16년간 프로 생활을 했다고 털어놓을 수도 없는 노릇이었다.

그러자 이번에는 박현수 팀장의 표정이 복잡해졌다.

'별생각이 다 들다니? 설마 아시안 게임 출전을 보장해 주겠다는 말을 믿기 어렵다는 소리인가? 아니면…… 그 정도는 제 힘으로 충분히 따낼 수 있다는 자신감인가?'

한정훈은 대수롭지 않게 내뱉은 말이었지만 박현수 팀장은 그 말의 의미를 해석하느라 부지런히 머리를 굴려댔다.

어쩌면 당연한 일. 박현수 팀장의 입장에서 최우선 계약 대상자인 한정훈의 말은 단 하나도 허투루 흘릴 수가 없었다.

'혹시 다른 구단에게 오퍼를 받은 게 있는 건가?'

한참을 궁리하던 박현수 팀장이 눈을 크게 떴다.

만약 자신들이 오기 전에 다른 구단에서 먼저 아시안 게임 대표팀 엔트리 보장 제안을 했다면?

스톰즈가 뒷북을 친 꼴이 되고 만다.

박현수 팀장은 냉정하게 가능성을 살폈다. 일단 미필 출신 스타급 선수가 많은 구단은 제외했다.

선수단 내 군기가 세서 신인들의 입지가 좁은 구단도 뺐다.

그러자 세 구단만 남았다.

에이스급 투수력 부재에 시달리는 서울 트윈스.

선수 키워서 메이저리그 보낸다는 소리를 듣는 고양 히어로즈.

그리고 12번째 구단을 창단 중인 부명그룹.

'부명! 이 자식들이!'

박현수 팀장이 빠득 이를 갈았다.

이 셋 중에 한정훈의 마음을 심란하게 만든 범인이 있다면 부명그룹일 확률이 농후해 보였다.

만약 부명그룹이 자신들처럼 한정훈 잡기에 사활을 건 것이라면.

한정훈의 귀가 솔깃할 만한 제안을 한 발 먼저 흘린 것이라면.

"한정훈 선수, 잠시 전화 한 통 하고 오겠습니다."

박현수 팀장은 냉큼 몸을 일으켰다. 그리고 구단 사장으로 내정된 김일도 사장에게 전화를 걸었다.

─박 팀장, 이제야 전화를 주면 어떻게 해? 한정훈 선수하고 계약은? 성사된 거야?

통화가 연결되기가 무섭게 김일도 사장의 목소리가 폭포처럼 쏟아졌다.

무소식이 희소식이랬다고 박현수 팀장이 한정훈 영입에 성공했다고 여긴 모양이었다.

"후우······.:

박현수 팀장은 잠시 숨을 골랐다. 모두의 기대가 큰데 성급하게 전화를 건 게 아닌가란 자책도 잠시 들었다.

하지만 박현수 팀장은 이내 강하게 고개를 흔들었다.

한정훈이라는 확실한 스타를 잡기 위해서는 그만큼 확실한 지원이 필요했다.

그리고 그만큼 확실한 지원을 받기 위해서는 이 시점에서 윗분들의 의사를 한 번 확인해 볼 필요가 있었다.

"사장님, 한정훈 선수 계약에 대해 저한테 전권 위임하신 거 맞죠?"

-그게 무슨 소리야? 그건 회장님께서도 승낙하신 일이잖아.

"회장님은 회장님이고요. 사장님은요? 저 믿고 이번 계약 맡길 수 있으세요?"

-왜 그래? 혹시 일이 잘 안 되는 거야? 혹시 다른 구단들이 장난질이라도 치는 거야?

박현도 팀장은 대답 대신 한숨만 내쉬었다.

눈치 빠른 김일도 사장이라면 한숨만으로도 대강의 상황

을 눈치챌 것이라 여겼다.

아니나 다를까.

―빌어먹을 자식들! 어딘데? 어디 놈들이야? 내가 이놈들을 그냥……! 어딘지 문자로 찍어 보내! 나는 지금 당장 협회로 갈 테니까.

김일도 사장이 길길이 날뛰었다.

가뜩이나 우선 지명권도 아닌 우선 협상권을 따냈다고 최정한 회장과 이사진의 질책을 들어야 했는데 한정훈마저 놓친다면?

내정됐던 구단 사장 자리가 날아가는 건 둘째 치고 구단의 입지마저 흔들리게 될지 몰랐다.

"지금 협회에 가 봐야 소용없습니다. 어차피 우선 협상권이잖아요. 한정훈 선수 팔아서 대충 넘어가면 협회도 별소리 못할 거예요."

―그럼? 나더러 어쩌라고? 이대로 보고만 있자고?

"아뇨! 이럴 때일수록 더 보란 듯이 한정훈 선수를 잡아야죠. 만약을 위해 준비했던 플랜 B를 꺼내서라도 말입니다."

박현수 팀장이 단호하게 말했다.

그러자 조금 전까지만 해도 씩씩거렸던 김일도 사장이 조용해졌다.

플랜 B.

한정훈 영입 쟁탈전이 상상 이상으로 치열해질 경우를 대비해 최후의 한 수로 준비해 둔 협상 카드였다.

─정말 플랜 B까지 가야겠어?

한참 만에 입을 연 김일도 사장의 목소리가 굳어졌다.

플랜 B는 확실히 출혈이 컸다. 한정훈 하나를 잡겠다고 시장 질서를 어지럽혔다는 비난을 피하기 어려웠다.

경우에 따라서는 선수에게도 부담이 될 수 있었다.

어마어마한 계약의 주인공이 됐는데 성적이 나쁘기라도 한다면 먹튀 논란에 휩싸이게 될 터였다.

─조금만 이성적으로 생각하자.

김일도 사장이 박현수 팀장을 달랬다. 박현수 팀장이 흥분한 나머지 판단력이 흐려졌다고 여겼다.

그러자 박현수 팀장이 확신하듯 말했다.

"그럼 한정훈 선수는 부명에서 데려 갈 겁니다."

그 확신이 김일도 사장을 다시 발끈하게 만들었다.

─부명? 지금 부명이라고 그랬어? 그러면 그렇지! 아까 전에 한정훈 선수 집에서 나오기에 따졌었는데 이 빌어먹을 놈들! 이 망할 놈들!

김일도 사장의 목소리가 커졌다.

박찬영에게서 단체 문자를 받기 전 수많은 구단이 한정훈의 부모와 접촉을 시도했다.

그중에서 가장 먼저 움직인 게 다름 아닌 부명그룹 쪽이었다.

그 사실을 알아챈 김일도 사장이 공식적으로 항의를 한 상태였지만 만약 부명이 개입한 거라면 합리적인 선에서의 계약은 물 건너간 거나 다름없었다.

그렇다고 여기서 발을 빼기도 어려웠다.

기존 구단들이라면 또 모르겠지만 같은 신생팀인 부명에게 한정훈을 빼앗긴다면?

스톰즈는 시작부터 체면을 구기게 될 것이다.

"사장님께서 어떤 결정을 내리시더라도 이의 없이 받아들이겠습니다. 단, 이것 한 가지는 꼭 기억하셨으면 좋겠습니다."

─……뭔데?

"한정훈 선수 놓치면…… 저나 사장님이나 올해를 못 넘길 겁니다."

─허……!

박현수 팀장의 최후통첩에 김일도 사장이 헛웃음을 터뜨렸다.

올해를 넘기지 못한다는 말. 그건 한정훈을 놓친 책임을 지고 물러나게 될 거란 소리였다.

─지금 협박하는 거냐?

"협박이라니요. 사실을 말씀드린 겁니다."

-사실? 그만큼 확신해? 네 단장 자리를 걸 만큼?

이번에는 김일도 사장이 되물었다. 한정훈의 영입에 목을 걸 수 있겠느냐고.

박현수 팀장은 한 치의 망설임도 없이 대답했다.

"최소 신인상. 그리고 투수 부분 타이틀 1개 이상!"

-……!

"우리 팀이 우승 전력은 아니니 MVP까진 무리겠죠. 하지만 혹시 모르죠. 제 기대대로라면 꼴찌 팀에서 MVP 수상자가 나올지도요."

박현수 팀장은 확신했다.

한일 고교 야구 대항전과 세계 청소년 야구 선수권 대회에서 MVP를 휩쓴 한정훈이라면 프로에서도 분명 통할 것이라고.

한정훈이라면 메이저리거 류현신이 신인 시절에 세웠던 어마어마한 기록을 가볍게 갈아치우게 될 것이라고 말이다.

-신인상에 투수 부분 타이틀 1개 이상이라……

김일도 사장이 저울질을 시작했다.

박현수 팀장이 최소로 잡은 한정훈의 성적이 어느 정도는 마음에 드는 모양이었다.

-그런데 한정훈 선수를 영입하는데 왜 우리 팀이 꼴찌냐?

한참 동안 혼잣말을 중얼거리던 김일도 사장이 뜬금없는

소리를 해댔다.

　박현수 팀장의 극단적인 비유가 마음에 걸렸던 모양이었다.

　그러자 박현수 팀장이 씩 웃으며 대답했다.

　"한정훈 선수만 잡으면 꼴찌 할 일은 없습니다."

　―오케이. 기다려라. 회장님 뵙고 올 테니까.

　그 말을 기다렸다는 듯 김일도 사장이 곧바로 움직였다.

　박현수 팀장은 초조하게 김일도 사장의 연락을 기다렸다.

　만에 하나라도 최정한 회장이 부정적인 답을 주었다면?

　그래도 주어진 권한 내에서 어떻게든 한정훈을 붙잡아야
만 했다.

　그렇게 십여 분쯤 지났을까.

　손에 쥔 핸드폰이 가볍게 울더니 김일도 사장이 보낸 문자
메시지를 내보였다.

　못 먹어도 고. 대신 한정훈 선수가 장기 CF 하나 찍도록 추진해
봐라.

　"좋았어!"

　문자를 확인한 박현수 팀장이 활짝 웃었다.

　"이제 다 죽었어."

　박현수 팀장이 당당하게 회의실 문을 열었다.

그리고 가방 속 깊숙이 집어넣었던 플랜 B를 한정훈 앞에 내밀었다.

"저희가 할 수 있는 최선입니다. 그리고 다른 구단에서는 결코 제안할 수 없는 최고의 조건이라고 확신합니다. 필요하시다면 박찬영 대표와 논의하셔도 좋습니다. 그럼 답변 기다리겠습니다."

박현수 팀장의 표정은 그야말로 비장했다.

검만 없다뿐이지 꼭 생사를 건 대결을 임하는 장수를 보는 것 같았다.

"알겠습니다. 그럼 잠깐 나가보겠습니다."

한정훈은 쿵쾅거리는 심장 소리를 억누르며 도망치듯 회의장을 빠져나왔다.

회의장 밖에는 박현수 팀장의 언질을 받은 박찬영이 나와 있었다.

"계약서 보시는 것 좀 도와 드릴까요?"

박찬영이 넌지시 말을 꺼냈다. 호의로 나선 일이지만 한정훈이 꺼려한다면 굳이 강요하지 않을 생각이었다.

그러자 한정훈이 기다렸다는 듯이 서류 봉투를 내밀었다.

"여기요."

"제가…… 먼저 봐도 될까요?"

"네, 얼른 봐 보세요."

한정훈의 재촉에 박찬영이 마지못해 봉투를 열었다. 그리고 조심스럽게 서류를 꺼냈다.

서류 내용은 일반적인 프로 선수들의 계약서와 크게 다르지 않았다.

특별 지명 제도가 적용된 최초의 신인 선수다 보니 관련된 법 규정들이 조금 더 첨부된 정도였다.

"이거 떨리는데요?"

빠르게 몇 장을 훑어 내리던 박찬영이 갑자기 마른침을 꿀꺽 삼켰다.

느낌상 다음 페이지에 계약금에 관한 대목이 나올 것 같았다.

한정훈은 애써 담담한 척 굴었다. 그러나 그의 눈동자는 벌써부터 정처 없이 요동을 치고 있었다.

"그럼…… 갑니다!"

크게 숨을 들이켠 뒤 힘차게 페이지를 넘긴 박찬영이 이내 망부석처럼 굳어버렸다.

"왜요? 왜 그래요?"

기다리다 못한 한정훈이 박찬영의 뒤로 돌아섰다. 그리고…… 입을 쩍 하고 벌리고 말았다.

첫 번째 숫자는 3.

그 뒤로 0이 9개나 붙어 있었다.

3억도 아닌 30억.

신인 최고 계약금이 터무니없이 갱신되는 순간이었다.

"이, 이거 잘못 인쇄된 거 아니죠?"

한정훈이 믿을 수 없다는 얼굴로 박찬영을 바라봤다.

기존의 신인 최고 계약금은 광주 타이거즈 한기수 선수가 2006년에 입단했을 때 받은 10억이었다.

그 이후로 지금껏 이 기록은 깨지지 않았다.

안성민이 무기한 자격 정지를 받지 않고 국내에 잔류했다면 그보다 조금 더 받지 않았을까 하는 말들만 무성할 뿐이었다.

그래서 한정훈도 내심 10억을 예상하고 있었다.

특별 지명 제도의 최초 수혜자라는 프리미엄과 지난 10여 년간의 물가 상승률을 감안했을 때 15억까진 욕심이 났지만 계약 기간이 상대적으로 짧다는 걸 고려하지 않을 수 없었다.

한기수 선수가 채워야 할 서비스 타임은 최소 9년이다. 9년에 10억이면 1년에 1억 천만 원 꼴이었다.

반면 한정훈은 서비스 타임이 7년에 불과했다.

7년 기준으로 10억을 받는다면 연간 1억 4천만 원 수준이다.

거기에 해외 진출 자격 기준으로 따진다면 연 평균 2억에 달했다.

그런데 3억도 아니고 계약금만 30억이라니.

한정훈의 눈이 휘둥그레지는 것도 무리는 아니었다.

경악스럽긴 박찬영도 마찬가지였다. 그가 예상했던 최고 액은 20억 정도였다.

그것도 한정훈이 마지막까지 버티고 버텨야 받아낼 수 있다고 여겼다.

하지만 정한그룹은 쓸데없이 시간 끌고 싶지 않다며 시작부터 30억을 배팅했다.

이건…… 박찬영의 기대를 훌쩍 뛰어넘는 금액이었다.

한정훈이 그만큼 대단한 투수인 건 사실이지만 오래 붙잡아두지 못한다는 점을 감안했을 때 실로 파격적인 조건이 아닐 수 없었다.

'아니지. 아니야. 계약 금액으로 혹해서는 안 되지.'

박찬영은 힘겹게 정신줄을 붙들었다.

그리고 혹시라도 한정훈에게 불리한 계약 조건이 있는지 면밀하게 살펴보았다.

그렇게 1시간여의 검토가 끝이 나고서야 박찬영이 힘겹게 숨을 돌렸다.

"일단은 다른 구단들의 제안도 들어보시는 게 좋을 것 같습니다."

박찬영이 한정훈을 바라보며 말했다.

판을 키운 정한그룹을 위해서라도 이대로 덜컥 계약하는 건 예의가 아닌 것 같았다.

정한그룹은 욕을 먹을 각오를 하고 계약금으로 30억을 책정했다.

우선 지명권이 아닌 우선 협상권만 가지고 협상에 임하다 보니 다소 공격적인 배팅을 할 수밖에 없다는 점을 감안하더라도 확실히 과했다.

그리고 이 유례가 없는 계약금을 무턱대고 받았다간 한정훈도 탈이 날 게 뻔했다.

계약금 없이 15억의 연봉을 받았던 대전 이글스의 간판타자 김태윤도 계약 기간 내내 거품 논란에 시달려야 했다.

단순히 계산하면 4년에 총액 60억의, 일반적인 수준의 FA 계약이었는데도 말이다.

그런데 아직 프로에 적응조차 하지 못한 고등학교 2학년 투수에게 30억을 쏟아부었다는 사실이 알려진다면 한정훈을 지지하는 팬들조차 동요하고 말 것이다.

그렇다고 이제 와서 계약금을 줄여 달라고 할 수도 없는 노릇이었다.

그건 30억짜리 선수는 아니라며 자인하는 꼴밖에 되지 않았다.

이런 상황에서 한정훈과 정한그룹이 서로 윈-윈 할 수 있는 방법은 한 가지뿐이었다.

판을 키우는 것.

모든 구단의 꿍꿍이를 들어보는 것.

어쩌면 몇몇 구단에서 정한그룹 못지않은 파격적인 계약금을 제안할지도 모를 일이었다.

"그건 대표님이 도와주세요."

한정훈이 고심 끝에 박찬영에게 도움을 청했다.

FA 계약도 해봤으니 신인 계약쯤은 혼자서도 충분히 할 수 있다고 여겼는데 크나큰 오산이었다.

계약금만 30억짜리 계약이다. 처음이자 마지막 FA 계약 때 받았던 15억(그것도 마이너스 옵션이 적용되어 다 받지도 못했지만)보다 2배나 많은 금액이었다.

지금도 꿈인지 생시인지 분간이 가지 않는 상황에서 나머지 11개 구단을 홀로 상대하라니?

차라리 일본과의 청소년 세계 선수권 대회 결승전을 다시 뛰는 편이 백번 나을 것 같았다.

"그렇다면 아버님께 위임장을 받아놓겠습니다."

박찬영도 흔쾌히 고개를 끄덕였다.

물질적인 보상을 떠나 이번 한정훈의 계약은 특별 지명 제도 최초의 계약이었다.

이런 계약을 옆에서 도왔다는 흔적을 남겨두는 것만으로

도 박찬영과 베이스 볼 61에는 큰 도움이 될 터였다.

5

한정훈의 부모님을 직접 찾아뵙고 위임장을 받아온 박찬영은 대리인으로서 각 구단에 2차 단체 메시지를 전송했다.

내용은 간단했다. 각 구단들의 계약 내용이 담긴 서류를 밤 12시까지 팩스로 보내 달라는 것이었다.

만일 평범한 신인이 에이전시만 믿고 이런 일을 벌였다면 구단들은 코웃음을 쳤을 것이다.

하지만 프로 리그에서도 최소 12승은 가능할 것이라는 평가를 받는 한정훈이다 보니 구단들은 군말 없이 계약 내용을 발송했다.

그것도 문자 메시지를 확인한 지 한 시간이 되지 않아서 말이다.

덕분에 박찬영은 자정 직전에 전 구단의 계약 내용들을 정리할 수 있었다.

예상대로 몇몇 구단에서 상당히 파격적인 계약 조건을 제시했다.

특히나 눈에 띄는 건 부명그룹.

계약금 25억 원에 부수적으로 광고 출연 연 2회를 제안했다.

광고 출연료를 2억 수준으로 잡는다면 정한그룹에 맞먹는 수준이었다.

하지만 애석하게도 해외 진출을 하려면 5년을 채워야 한다는 욕심을 부렸다.

대전 이글스와 광주 타이거즈, 대구 라이온즈도 20억 원에 달하는 계약금을 불렀다.

계약 조건은 대부분 대동소이했다. 단 이 구단들은 아시안 게임 대표팀 엔트리를 보장해 줄 수가 없는 상황이었다.

해외 진출을 보장하며 아시안 게임 승선에도 힘쓰겠다던 서울 트윈스는 18억 원을, 비슷한 조건의 고양 히어로즈는 17억 원을 제시했다.

나머지 구단들도 최소 13억 이상의 계약금을 적어 보냈다.

뚜껑을 열고 보니 모든 구단이 예상을 뛰어 넘는 배팅을 했다.

선수 영입에 소극적이라던 인천 와이번즈와 서울 베어스조차 15억 원을 써냈으니 경쟁이 어찌나 치열했는지는 말할 필요조차 없었다.

일부 구단이 주도하듯 계약금을 올렸다면 논란이 생길 수밖에 없었다.

하지만 모든 구단이 하나같이 기존 신인 최고 계약금을 뛰어 넘는 금액을 제시했다.

그만큼 한정훈이라는 선수에게 거는 기대가 크다는 방증
이었다.

'덕분에 정한그룹도 살았군.'

박찬영이 피식 웃었다.

정한그룹만 유독 과한 계약금을 제안하면 어쩌나 걱정했
는데 쓸데없는 기우였다.

'아니지. 아니야. 이게 다 한정훈 선수가 잘난 덕분 아니겠어?'

박찬영이 생각을 고쳐먹었다.

일본과 미국에서 러브콜을 받고 있는 한정훈을 잡으려면
정한그룹처럼 30억 정도는 써야 옳았다.

지금이 아니라면 한정훈이라는, 어마어마하게 잘나갈 투
수를 잠시나마 소유할 수 있는 기회조차 없을 테니까.

그렇게 한정훈의 프로 데뷔가 가시권에 들어왔다.

to be continued